倡导诗意健康人生
为诗的纯粹而努力

阎　志
主　编

2016年民刊诗选

# 中国诗歌

【第84卷】

2016 12



编辑：《中国诗歌》编辑部
地址：武汉市盘龙城经济开发区
第一企业社区卓尔大厦
邮编：430312
电话：(027)61882316
传真：(027)61882316
投稿信箱：zallsg@163.com

# 目　录 CONTENTS

封底——《诗书画》·**谢克强**书法作品选

本期插图选自 Yves Klein 作品

**图书在版编目(CIP)数据**

2016年民刊诗选 / 田禾等著.–北京:人民文学出版社,2016(中国诗歌 / 阎志主编)

ISBN 978-7-02-012274-5

Ⅰ.①2… Ⅱ.①田… Ⅲ.①诗集 – 中国 – 当代 ②诗歌评论 – 中国 – 当代 – 文集 Ⅳ.①I 227 ②I 207.22-53

中国版本图书馆CIP数据核字(2016)第305375号

责任编辑:王清平
装帧设计:海 岛
责任校对:王清平

人民文学出版社有限公司出版
http://www.rw-cn.com
北京市朝内大街166号 邮编:100705
武钢实业印刷总厂印刷 新华书店经销
字数210千字 开本850×1168毫米 1/16 印张9.75
2016年12月北京第1版 2016年12月第1次印刷
ISBN 978-7-02-012274-5
定价10.00元

如有印装质量问题,请与本社图书销售中心调换。电话:01065233595

# 头条诗人
HEADLINES POET

TIAN HE 田禾

1960年代出生于湖北大冶农村。1982年开始诗歌创作。出版诗集《大风口》、《喊故乡》、《野葵花》、《在回家的路上》、《乡野》和日文诗集《田禾诗选》、韩文诗集《起风了》、蒙文诗集《还原》等15部。诗歌被选入三百多种中外诗歌选本和6种大学语文教材。获第四届鲁迅文学奖、《诗刊》第三届华文青年诗人奖、中国诗歌学会首届徐志摩诗歌奖、《十月》诗歌奖、首届《扬子江》诗学奖优秀诗歌奖、首届刘章诗歌奖、《芳草》双年十佳诗人、湖北文学奖、湖北省政府屈原文艺奖等三十多种诗歌奖项。中国作家协会会员，湖北省作家协会副主席。国家一级作家。

# 窗外的鸟鸣

·组诗·

□田　禾

## 白　发

老了，头上生满了白发
真好，老也老得这么光亮

衰老从白发开始，皱纹随后长出
身高明显比年轻时矮了一截
眼睛只能眯缝着看人
口齿不清，记忆渐失
手脚变得越来越迟钝
性格比以前安静了许多
喜欢躺在藤椅上打盹

白发长得像秋天的衰草
为了不让人看出我的凄凉
我把它梳得顺向一边
稍稍打一点光油
但我还是选择少出门
我走路有点儿晃，脚步有点儿飘
满头的白发太轻了，压不住

## 托尔斯泰墓地

山的尽头不再是山
路的尽头不再是路
在山中站久了他便成了山
在路上走久了他便成了路
让后来的人

走不到他的尽头

这里树挨着树，山连着山
一座孤坟荒凉得
只是一小块长方形土堆
坟前常开的花朵
是他还以世界的微笑
白桦树仍然替他保持站立
和行走的姿势

托尔斯泰的坟墓很简单
简单得像没有坟墓
没有墓碑，没有碑文
小土堆像一本合上的小说
绿茵茵的小草为它
包上了最美丽的封皮
托尔斯泰就埋在文学里
他的坟墓小于死大于活着

## 篱笆院

用泥土和石头筑起篱笆墙
用荆条和竹篾扎着篱笆的门
墙头挨着墙外的邻居。

靠篱边的一棵枣树，有点歪
但每年按时结满枣子
风呼呼吹，像结枣子的声音。

这家男人在院子里掘井，他
左膝跪地，弯着腰，使劲挖土、
提土。他和时光一起磨损。

坐在门口哺乳的女人
身体是一个成年的漏斗
一次哺乳，她用了两只乳房。

## 铜　锣

把一个民族的精魂
植入青铜的体内
经过冶炼，铸造，抛光
铜就有了光芒、魂魄
就有了语言、韵律
做成铜锣，敲它，声音浑厚而洪亮
我的村庄经常使用这种铜锣
村里盖房，婚丧，过节
孩子考取大学，或谁家油坊开张
铜锣都要敲起来
那年我外婆死了，铜锣敲了三天
入殓，送灵，下葬
铜锣一直在敲。每敲一下
就是我对外婆一次感恩
每响一声，就是铜锣替我喊了一声外婆

## 明　年

今天是今年的最后一天，明天
就是明年了。过完这一年
我的生命中又多了一重霜
一重雪。今年我比较平淡
明年可能也不会有什么变化
依旧走在匆匆的人群中
结交一些人，送走一些人
与人打交道，占一些便宜
吃一些亏。有时欢乐一会儿
有时悲戚一会儿。很多时候
我饮泉水，住山林，把自己坐成
一团硕大的呼吸。在生活中
会遇见富翁、穷人、乞丐、疯子
富翁和疯子我都躲开，穷人
我当父母，乞丐我施舍他
依然按时回乡下去，提着一条
山路，清明节为父母上坟
明年，山河依旧，农民仍然按
季节种瓜种豆，按时收获
工人戴着安全帽，继续忙着
采煤炼钢，“和尚们忙于修寺庙”
明年我还是爱诗歌
爱屈原和一千三百岁的杜甫
写作，偶尔有间或的停顿
多数日子穿那件旧点的衬衫
在一朵雪花里藏起晚年的忧伤

## 草　帽

用麦草编织的帽子叫草帽
农民一年四季戴着它
身份低微还算是有身份
戴上它就是向命运妥协
足迹遍及山岭和无边的田野
戴着避风，挡土，遮阳
尼龙绳吊在脖子下面
起风时就把它系紧
太阳落山，轻轻往后一推
草帽背在了背上
朴实中还有点儿浪漫
偶尔取下来扇风
见了干部喜欢拉低帽檐
干农活时又把它往上抬一点
然后在草帽下把自己埋得很深

## 说书人

一根楝树的枯枝，横在院子里
说书人的故事里横着一把刀
英雄的前面横着一条河
鼓槌一落，接上回书，还是说隋唐
乱世之中，群雄并起
秦琼卖马，李密起事，罗成舞枪
半道杀出程咬金
说书人把一个朝代装在袖筒里
轻轻抖出，说，你们看，这就是隋
一个不起眼的朝代，一个短命的王朝
却出了那么多大英雄
接着惊堂木一响，英雄出场
一个死去千年的人奇迹般复活
但又会很快死去
英雄背着粮袋，寻找落脚的江湖
他们聚在一起，个个义薄云天
忽然，万马奔腾，旌旗猎猎
马蹄踩着密集的鼓点驰来
瞬时杀得人仰马翻，人头落地
虽然是故事，也吓得下面
猛一躲闪。听书人都木讷地坐着
但脸色变化忒快，不时欢笑
大声地叫好；不时掉泪，替古人担忧
审判官喊道：午时三刻已到
刽子手抡起了大刀
下面叫嚷着刀下留情。说书人于是说：
好，听大家的，抽袋烟再讲
于是让英雄又多活了一袋烟时间

## 老牧人和他的羊群

坡上的草也听他的使唤
老牧人的鞭子一挥，那些草
都长到了羊的身上
长成羊身上的毛和膘
他那么瘦，把羊养得那么肥

青草蔓延，羊群渐长
山坡为羊准备了许多草
草，一岁一枯荣
去年的草被羊吃光了
今年又长出来
去年的羊都杀光了
老牧人今年又养起来

老牧人每天赶着羊群上山
为了让羊吃到更好的草
他撵着羊满山里跑动
经常被嶙峋的山石绊倒
和阴暗的青苔踩滑
羊下崽了，小羊要吃奶
他抱着小羊，追赶母羊
这时羊鞭插在他左边的腰上

## 白　事

奶奶走的那天
雪大得像我家的这场白事
奶奶的死，仿佛穷人
遭遇寒冷，又遭遇了一场雪崩

穷人家死人都死不起
父亲去亲戚家借钱还没回来

奶奶停尸三天了
连件像样的寿衣都没有

昨夜北风在冰雪上磨刀
白天渐渐露出了锋刃
亲人们
哪个的心口没被剜一刀

最后砍了菜地里的泡桐树
给奶奶打了一口薄棺材
父亲人穷气短，一声不吭
跟着出殡的灵柩不住地磕头

那年我九岁，小如灰尘
灰尘落在雪上会很显眼
我没有落在雪上
落在送葬的途中零落成泥

## 乡村小学校

那天，我去了以前的小学校
如今只剩下一堆废墟，和
残垣断壁的水泥黑板上
几个模糊的字词
听说是学校的生源减少了
镇里把附近的几所小学合并
建了一所新学校
学校操场以前的旗杆不见了
篮球架和滑梯都拆走了
我曾经上课的教室也被拆了
现在只剩下斑驳的石灰墙
和腐烂的窗户、门框
墙缝里长着枯黄的杂草
在一间教室的墙壁上，当年
赵奇志同学画的一只断腿的羊
仿佛至今还在疼，还在叫
这更让我怀念以前的小学校
我有点想哭泣的感觉
但眼泪一直没有流出来
这时老校长恍惚中向我走来
现在学校只有我们两个人
他要给我上最后一节体育课
他喊吴灯旺，我回答：到
他喊报数，我答：12345678
9……45、46、47、48
我把全班48位同学都报了
但最后只有我一个人出列

## 在海南吃椰子

一亿年的波涛，堆积起来，
凝固成一座岛叫海南岛。

最适合在海南岛生长的
一种树是椰子树。

在椰子上开出一个口，
是最小的海口。

海南是一只最大的椰子，
无数的人趴在上面吮吸。

## 坐火车

今夜我不抱流水
抱一条钢铁

但我还是流水的命
深夜在一条铁轨上流淌

火车一路摇晃
仿佛一片波涛在荡漾

这一夜我一直望着窗外
车过郑州我好怀念马新朝

## 摘棉花

黑八爷和他老伴在一块地里摘棉花
黑八爷与棉花秆相同的身高
让我感觉他花白的头发
是一朵最大的棉花

这地方的水土适合种棉花

春天长苗，夏天现蕾、结桃
秋天棉花铺天盖地
农民抓紧季节抢收
冬天就靠它，以度饥寒

黑八爷和他老伴在地里微弯着腰
左手扶着棉桃，右手扯落花球
当装棉花的竹篓满上了
几乎同时伸手摁一摁
又同时移动着脚步

最后，把所有采摘的棉花
拢在一起，装成一筐

## 一个大东北的村庄

这是一个大东北的村庄
与我那个江南的村子有些相似
门前筑满篱笆，菜园连着
后院。麦田和墓地挨在一起
铁锹和镐头挨在一起
阳光照着低矮的木栅
牛和毛驴缓慢地生活

我从江南来到这个遥远的北方村庄
不同的是我江南的村庄多雨
而大东北的村庄多雪
于是我特地来到北方或
更北的北方看雪
我似乎比一朵雪花还能飘
在万米高空没有作任何停留
一直飘到了北国
仿佛比一朵雪花飘落的速度还快

我从没见过这么好看的雪
村庄里，家家门前的草垛和劈柴
都落满了雪。村旁的一条
小河冻结了，不再流淌
停止了往日的迂回和拐弯
出门看雪的人在不断地咳嗽
给牛圈送草的人和外出凿冰的人
踩着雪。人走在冰雪上
那双鞋像两只打滑的雪橇
呼啸的北风，扛着灰暗的苍穹
似乎要运来一场更大的雪

## 当我老了的时候

当我老了的时候，就回到故乡
住进我当初的老房子。从此哪儿
也不去，找一块牧场，养几只小羊
把父辈当年的那把板锄磨亮
脱下皮鞋，换上布鞋，扛着闪电
去种植兰花。这时群山扑面而来
我尽量多呼吸山林里的新鲜空气
如果有雁阵从我头顶飞过，我会站立
路旁伫望许久。夏天很快过去，秋天就
来了，我用更多的时间与亲戚来往
在侄儿中做个温和慈祥的老人
不时有朋友远足探访，以一杯清茶
我们聊到天黑。到我越来越老了
身体会变成药罐子。那些中药，其实
就是山上生长的草、根和树皮
在我小时候，奶奶生病时
我跟着父亲去采过
还有些中药，是对珍稀动物剖腹、断骨
挖心、剥皮、砍头、抽筋
这太残忍了，想到这杀一命救一命
的中药，我拒绝饮下

## 一块古墓里的丝绸

一块发掘于古墓里的丝绸。再不光鲜
再不柔软，再不能像春风一样抖动。

一块古墓里的丝绸，从前穿在一位
帝王的身上，现在尚存一丝呼吸。

丝绸的光是刀光，一个王朝杀了另
一个王朝，裹着一块丝绸下葬。

丝绸铺就的路是丝绸之路，想起我的
先人沿途住客栈，牵马，贩运盐巴。

# 羊鞭

一杆羊鞭从不闲着。不光只把羊群
赶到山坡上，它还要看路、引道
当旗帜举着，大羊小羊跟在后面
牧人躺下，做牧人的枕头

羊鞭不叫喊。不像羊羔，饿了咩咩
地叫。羊吃草去了，牧人把羊鞭
抱在胸前，像抱着邻居寡妇。然后
他砍来树枝，为她儿子削起了陀螺

丢一只羊，牧人用羊鞭抽打自己
抽打路旁的大石头和刺柏树
从来舍不得打在羊的身上
最多扬起来，吓唬吓唬羊

在回村的路上，邻居寡妇的纱巾
飘上了树梢，牧人用羊鞭挑了下来
黄昏，去送陀螺，他想着带上
那杆羊鞭，然后把它忘记在那里

# 晨鸟

鸟从黑暗中飞出来
它的脖子已伸进黎明
后爪还抓着黑夜

鸟的叫声腾地而跃
以至扩散到整个天空

它轻轻扇动着翅膀
瞬间飞过熟悉的山谷

当它盘旋在秋天原野
翅膀像花瓣那样地打开

最后落在村庄的屋檐
鸟用嘴啄羽毛的那一刻
暴露了它模糊的性器

# 候鸟

夕阳像只鸟窝
挂在比树更高的天空
少年的我，用瘦长的竹竿
也没有捅下来

我多数时候
坐在黄昏里发呆
心，追逐着一只季节的候鸟
在飞

鸟，飞越山水
寻找最适合生存的地方
它在飞行的空中
仿佛一片飘荡的树叶

更像个无家可归的孩子
偶尔在天空流浪
偶尔在原野觅食

# 石匠

光祥石匠刻碑有三十多年了
在一块石头上雕琢别人的死亡
由于年老，去年戴起了老花镜
眼镜后面是他消瘦的命运和人生
为了表示对死者的敬重
在每刻一块碑前他都要净手净身
在石头的前边烧香下跪，磕头
再抡锤，先敲三锤，让死者听见
近似于盖棺时敲钉子的三声定位槌
镌刻在石碑上的字是魏碑体
横竖撇捺有力道有筋骨
刻上死者的名字及生卒年月
好让后来的子孙认祖归宗
刻上“考”“妣”是区别男性和女性
挖煤窑的兄弟遇难了
碑上刻一个好大的“煤”字
雕琢的时候，石头不疼，人疼
让从山坳里吹来的风也有点悲戚

他雕刻的墓碑，易于辨认
每一块碑上都留有他的指纹
构成他与死者的另一种血缘与基因

## 葵　花

今年不种芍药，种葵花
父亲把葵花种下去，拄着锄
他的等待比花期更漫长

善于吸收阳光
葵花才开得如此金黄
一朵朵都闪耀着金子的光芒

我从父亲的葵花地走过
我的白色的确良衬衫
镀亮并嵌满了葵花

葵花是圆的，转盘一样
朝着太阳，慢慢旋转
转动着身体里隐形的齿轮

## 去东晋拜访陶渊明

因为写诗，我对这位江西浔阳柴桑人
多了一份景仰。于是我决定去东晋
拜访他。我知道他曾做过地方小吏
看不惯官场的腐败、堕落
不愿为五斗米折腰，早已辞官归隐
去东晋，恰好相隔十六个世纪
中间要跨越唐诗、宋词的国度
为急于赶路，李白、杜甫就不见了
我先步行，逢山翻山，遇水涉水
穿过沼泽、森林、悬崖、险滩
走破了元明清三双鞋子，我没有停留
然后乘一叶叫浪淘沙或沁园春的扁舟
顺着隋的大运河，在一片浪花里穿行
数日后到达，闻见村庄的鸡鸣犬吠
村庄房屋错落有致，耕作的人们
黄昏时荷锄而归。一老叟指给我
桑竹围绕的人家，轻推
竹篱笆吱呀开了，陶渊明就在里面
他1600岁的样子，依然贫穷和孤寂

## 罐子口

从沿渡河溪口至罐子口的峡段
河道突然由宽变窄，像一只罐子

船经过罐子的颈口时，行驶缓慢
爱情走到这里瘦了一下身子

一只大自然的罐子，装满了风声
歌声、鸟声，和纤夫粗犷的号子声

从罐子口取水，替农民浇地
滋润苍生，为旅人洗尘

一条河流都装在一只罐子里
所有的水都从罐子口流出

## 换糖人

小时候，村里经常来一位
换糖人，挑着货郎担
小铁锤敲着小刀片
远远就传来清脆的金属声
叮咚，叮咚。小刀片亮亮的
在阳光的反射下一闪一闪

村庄的孩子们都认识他
他的笑脸早让阳光的复印机
复印在孩子们的印象中
当他们拿着牙膏皮、龟壳
鸡毛、废铜烂铁纷纷拢来
换糖人开始为他们敲糖

听说这麻糖都是手工制作而成
已经有上千年历史了
他考古似的，轻轻地敲
仿佛从宋词中敲下一阕小令
从岁月里敲下一片时光
一长条麻糖瞬间被敲得很短

## 窗外的鸟鸣

通向山顶的台阶像一排锯齿
把黄昏一截一截锯短

那时我独坐窗前，听见学校
敲响了放晚学的钟声

窗户外面是山，林中的鸟儿
用叫声交换彼此的讯息

鸟逆着风飞来，夹带着风的
翅膀，在枝叶间滑下

鸟们站在高枝上，月亮出来
它们吓了一跳，叽叽喳喳叫着

月亮像一弯水瓢，慢悠悠地
舀着清亮的风声和鸟鸣

## 鸡打鸣

在乡下，有鸡打鸣
那才叫日子
老祖宗留下的一块
穷乡僻壤。有鸡打鸣的
地方，才是村庄

一群鸡在院子里扑腾
在稻场上追逐
一只母鸡蹲在鸡窝里下蛋
另一只引着一群鸡娃
在草堆下觅食
啄食井沿上的青苔
公鸡在豆荚架上跳上跳下
有时跳到棺材盖上
抖着身上漂亮的羽毛
伸长脖子高声地打鸣

最初，乡村的歌谣
就启蒙于这古老的鸡鸣
一只公鸡，粗喉咙，大嗓门
叫醒了我憨实的父亲
每天，鸡打鸣他就起床
天亮了，他便走出
这鸡窝一样的家
去麻雁口工地挖渠
或藏进农事深处
白色的马铃薯花沾满衣襟

## 谭木匠

谭木匠早年从父亲手里
接过鲁班的这门手艺
向每一张桌子或凳子俯身
在一根粗糙的木头上
用墨斗“嘣”的弹出一条直线
然后顺着墨线把木头锯开
锯成厚薄不一的木板或
一根根木柜的立柱

他锯木头
木头滚来滚去
钉几颗铆钉就固定了
他刨木板
相同的动作不断重复
眯起左眼，用右眼
斜看木板的平整程度
和木头的曲直

接着凿孔开槽，连接榫头
用鲁班尺校正角度，打磨光滑
最后一道工序交给油漆匠
天黑了，他背着一把斧头回家
斧头砍去了他的一个白天
夜里又为他壮胆、驱邪
在黑暗中为他劈开一条路

## 取名字

我的远房亲戚张铁匠家生了孙子
又是放鞭炮，又是摆酒宴，请县里的
土戏班子唱了三天。铁匠说我是文化人
让我替他孙子取名字。我不好推脱

想了想说，咱们是农民，不能忘本
应该保持泥土本色，就应该取土一点的
名字。可以直接叫土，如黑土、春土
皮土、木土、土坡、土根。咱农民最
靠得住的是泥土，泥土之上有耕耘和
收获，泥土是铁打的江山。也可以叫水
如水生、水泉、水螺、田水、牛水
山溪水、鱼得水、小流水。水是
流动的，俗话说，好男儿，志在四方
人像水一样流出去，生命才会有激情
与活力。可以叫贱一点，经常听你说
贱叫贱养的孩子，长大有出息。哈巴狗
狗大、狗娃、狗秋、狗剩、麦狗、狗蛋
狗子，都很好听。假如你想把打铁的手艺
传给孙子，铁砣、铁虎、铁球、铁牛
铁锤、铁镰、铁钳子、铁铯子，随便你叫
如果取单名，就叫黑、货、歪、愣、蛋
谷、奎、喜、豆、米、根、牛、树、丑
前面加大，就变成了双名。生了老二
前面加二，就是老二的名字了
胖头、臭旦、满囤、山鬼、牛歪、麻雀
南瓜、羊屁、铜锁、黑皮、喇叭、麦草
瘦猴、叫坡、丑娃、高粱、谷米、顺溜
栓柱、青豆、小麦、门闩、贱货、楠木
立秋、小豌豆、大辣椒、一撮毛、歪头菜
这些名字，虽很土气，土得掉渣，但朴实
所有的仅供你参考，有的你只是笑笑罢了

## 杂货店

这是村里人每天光顾的地方
闲坐的地方
谈家长里短的地方
买针头线脑日杂百货
和孩子们买铅笔的地方
过路人歇脚的地方
乡邮递员放报纸信件的地方
摩的开来停靠的地方
打牌人换零钱的地方
坐在店门口的老人
孙子放学回家
把书包撂在他的腿上
从夕阳陡峭的暗影里跑开
老人守着杂货店
经常攥着一大把欠条
趴在算盘上扒拉着算账
有时站在门口
看路上缓缓经过的行人
用一口方言给外地人指路
时刻进屋数抽屉里的钱

## 五福爷开店

杂货店和家是一体的
后面住人
前头开店
五福爷，六十多岁了
他没想到还能摊上个买卖

货架上的货物
与村民的需求相关
与村民的消费观相关
货架一共四层
摆着杂货、布匹、罐头
和少量的高档烟酒

柜台左上角的一个破洞
他用黑胶布粘上了
柜台上搁着电话机
常有人进来打电话

五福爷左手一把尺子
右手一杆秤
他说做人与做买卖一个样
经得起秤称
经得住尺量
诚信是最好的秤砣和布尺

## 夜是用来熬的

夜是用来熬的
乡村贫穷的夜熬红了灯火
父亲熬夜搓草绳
母亲打草鞋
我熬夜读着新学的课文

# 读书塑造心灵

□田　禾

歌德说：“读一本好书，就是和许多高尚的人谈话。”的确，读一本好书，既可以丰富一个人的知识，提高一个人的学养，同时，读书可以塑造人的心灵，提升人的素质，改善人的行为。你想，出去旅游，不可能走遍世界各地，但书籍可以把你带到世界的每一个角落，让你领略世界各国的风光，饱览世界各地的风情。你没有出生在几千年前，要想了解中国几千年的历史，要想了解夏、商、周、春秋、战国、秦、汉、三国、两晋、南北朝、隋、唐、金、辽、宋、元、明、清等各个朝代当时的社会、政治、经济和文化发展状况，你必须去认真阅读历史书籍，才能穿越时空，去更多更深地了解历史。一个农民光靠种粮食，光靠种稻谷、玉米、小麦、红薯、大豆、高粱等农作物，是很难发家致富的。如果你能调整产业结构，搞农产品再加工，就会使粮食增加好几倍的利润。但这些都得需要有较好的文化知识、科技知识，要想掌握科技知识，只能在书本

---

奶奶一把破蒲扇
扇着我睡着了
后来全家人都熬病了
才给我挣来学费

夜是用来熬的
灯盏熬着灯油
儿女熬着父母
铁锅熬着中药
穷人熬着苦难
妓女们熬着性生活
一只乌鸦鸣叫着熬着自己

## 纸　钱

父亲，我今天是特地
给你送钱来的
现在大家都富裕了
我不能让你还在那边受穷
你的儿子谈不上发达
钱还是挣了点

今天我给你带来了
纸币、金元宝和亿元大钞
还有点美金
父亲你都收下吧
现在物价每天都在涨
想必你那里也一样

你就不要再刻薄自己了
该花的地方一定要花
冬天的棉衣要添
家里的存粮要有
酒，你可以多买些
我知道你就好这一口

其实，再多的钱
也就是一堆火焰的重量
一堆灰烬的重量
你坟前的那些草木
不懂悲伤，但会帮你扛

中，或者参加科普知识培训，但主要还是在书本中获得。

英国著名历史学家麦考莱曾经在给一个小女孩写信时说：如果有人要我当最伟大的国王，一辈子住在宫殿里，有花园、佳肴、美酒、大马车、华丽的衣服和成百的仆人，条件是不允许我读书，那么我决不当国王。我宁愿做一个穷人，住在藏书很多的阁楼里，也不愿当一个不能读书的国王。

一个人可以放弃国王不当，只要让他读书，宁愿做一个穷人，这是一种何等的精神境界，也说明了一个人对于知识的渴求和读书的重要性，这种人是离开书就不能活的人。搞文学创作的人，几乎都是离开书就不能活的人。比如，获得过第八届茅盾文学奖的山东著名作家张炜，在与我们聊天时，他说他是一个手不释卷的人，他出门经常忘了带这，忘了带那，但从来不忘带自己想看的书。在每次出差之前，他首先要把准备看和想看的书，装进自己的行囊里，免得忘了。在张炜的生活中，比如，开完会，会完朋友，吃完饭，哪怕是上厕所，坐飞机，坐火车，只要有一点点空隙，他就会抓起一本书阅读，从不闲着。湖北有一位作家叫徐鲁，他一生到底读了多少书，谁也没有去问过他，但从他写的几百上千万字的读书笔记来看，你可以想象他读了多少书了。徐鲁是一个真正博览群书的人，是一个博学多才的人，是一个爱书如命的人，是一个极其谦和和低调的好作家。

与人们内心有密切联系的，我认为就是读书。在读书中，当我们一经拨开语言的迷雾，领会到书中的深刻内涵，达到与心灵的一种共鸣了，书中一种神性的东西，就进入你的内心了，你心灵那一刹那的颤动和震撼，就是一次心灵的洗礼和塑造。阅读惠特曼，惠特曼排山倒海的气势，博大的精神，会带给你巨大的文字享受和内心刺激；阅读里尔克，里尔克将爱情与宗教完美结合带来的力量，会直接穿透你的灵魂；阅读帕斯，帕斯强烈的瞬间经验，思想的敏锐，个人的生命自觉，对你的内心是最好的修炼；阅读荷尔德林，荷尔德林的朴实自然和对生命的一唱三叹，会毫无疑问地渗透到你的生命和血液里；阅读金斯伯格，金斯伯格透视社会，洞悉人心，彰显人性，他的沉稳、厚实、深邃，带给你的是充满诗意的心灵感动和心灵净化，等等等等。你只要认真阅读这些文学经典，它会给你带来更多更好的心灵滋养。多读些经典，多读些好书，能纯净美化人的心灵，能提升和塑造人的心灵。

在工作之余，在恬淡的黄昏，或在静谧的夜晚，如果捧着一本你喜爱的书，静静阅读，那是一件多么美好的事情。听说钱钟书先生一家，晚上很少有娱乐活动，大家只是各自捧着一本书，在一个安静的角落里静静地阅读。许多人不明白他们这样的生活方式，这其中的乐趣只有他们自己知道。对于我们来说，读书也是一种最好的学习方式。在阅读时，我们能享受到平常所感受不到的一种快乐。有人说："读书可以怡性情……读史使人明智，读诗使人灵秀，数学使人周密，科学使人深刻，伦理使人庄重，逻辑之学使人善辩。凡有所学皆成性格。"的确，读书能给人带来很多好处，读书能消除烦恼，减少疲劳，能教人宽厚、谦虚、持重，使人深邃；读书还能教人自强不息，奋发图强，锤炼人刚毅坚强的性格；读书更能教人勤于思考，在书中获取一份感悟，一份智慧，更增添人的睿智。也就是说，读书能丰富人的内心世界，能塑造人的心灵，升华人的思想和品格。常读书的人，会像书一样有内涵和深度。Z

# 特别推荐
SPECIALLY RECOMMEND

# 《客家诗人》诗选

## 母亲节

（外一首）

陈小三

中午想起人类的孤独
想起一句诗：被一束阳光钉在地上
转眼就是天黑。
这里头有大恐怖，大安详
正午贯顶的寂静。灼热的铁皮屋顶
罐中的盐，父亲的烟草
正午垂直，万事皆休
原野上的花深深的根茎
几乎来不及偷偷做完一次游戏
而所有的人都由母亲带来然后散开

## 果　子

这个词比水果好
今天我在小昭寺路
看到一个藏族小姑娘
（普姆，普姆）
从衣袋里掏出一个枣子
（她用双手与嘴捂住那枚枣子
咬了一口，让我想起
我小时候的姐姐）
我想到果子，而不是水果

说起水果就去超市
听到果子
啊，我的老家叫谢地
后山上通红的柿子
你吃过水果，但你没有吃过果子
水果正在腐败，果子满山滚动

## 入　秋

吴伟华

我热爱落日，生出黄金的暖意
热爱低头的向日葵
热爱微微发烫的花生和玉米
热爱意外相遇的雨水，丝丝入扣

年轻的木匠在抓紧打造少女的嫁妆
我热爱这木质的爱情
热爱清漆覆盖下细腻的纹理

光阴像夜幕下的河流
不经意间变得柔软、妥帖
我内心的慈悲越来越开阔
你们途经我一个人的国度时
请留下粮食和美酒，留下赞美与歌唱

秋天就要来临
我在反复无常的热爱中
一天比一天轻盈，一天比一天安静

## 安　静 (外一首)

圻　子

我必须把头颅以内归结为
一种意识行走的丛林：它凌乱、随意
时有马踏大地，时有倦鸟归林
我必须把胸腔以内归结为
武夷山以西空泛的架构：骨头放到群山的背部
血管和经脉构成河流、村道、省道和国道
把风放到呼吸系统
把季节和月色放到循环系统
肌理部分作为丘陵，柔软部分作为水田
再向下，欲望的出发，奔跑或停止，归夜晚指挥
你将看见一个诗人瘦弱的身体和他的梦呓
因为喧嚣而变得更加安静

### 在山岩上

群山修正了宽阔
此地望远，我能看见高处
山的固有形状，对坚守做出解释
我还能看见低处
丘陵近乎笨拙，草木演绎空旷
此处的眺望者，其实叫峰
它长久地站立
置身其间，有那么一刻
我以为自己产生了梦想，化身石头
我以为我是风
攀上了黎明

## 夜宿山寺 (外一首)

布　衣

一盏青灯，伴随在明月的身旁
与尘世大约有九百米的距离

山风徐吹。 恐夜凉
一老衲送来三块御寒的粗布

他走过的地方月光滟滟
虫声随即隐去

“滴答！” 一片桐子树叶接住了一滴露水的坠落
在深夜，住持的鼾声是山寺法外的功课

山脚下，村庄灯火如豆，比白天延伸了一倍的遥远
犬吠断断续续，带着尘世的爱接近了树顶上的星空

### 雨水落在瓦面上

我们不知道这些雨水从哪里来
也许它们在天空里漂泊很久了
它们背负了很重的沧桑了
它们也有了一颗疲惫的心了
结果它们落下来了，落到我们家并不结实的瓦面上
哗啦啦，哗啦啦，摔碎了
有几颗疲惫又细小的心，从瓦缝里跳进了我的家
那时候，我总是带着妹妹爬上我家的阁楼
看着它们一阵活蹦乱跳之后，汇成了一条一条溪流
跳下我家的屋檐，落到铺满鹅卵石的圩街上

## 苍　茫

惭　江

在傍晚的河边
我看到一条鱼径直穿过阔大的水面
它耸动着脊背，剪开水面
前往一个不知名的目的地
白色的鳞片刺痛了我的双眼
四顾寂然，像是谁都在等待这场穿越
等待它像彗星一样扫过视线
就像我多年前的一次凭窗所见
一个外地人穿过广场的废墟
那是一个午休的时间

整个小城昏昏欲睡
他蹲下来，捡起地上的一块陶片
然后，他笑了
这是整个事件惟一充满生气的动作
他风尘仆仆，步履迅疾
剪开寂寞而厚重的暑气
或者像我现在
独自走过暴雨中的翠江
会不会有一双更高的眼睛
看到我的苍茫

# 灰　烬

张凤霞

它并不空洞。它是有身躯的。
它已经不需要眼睛，不需要嘴唇，
它的血液在火中跑过，交换另一种活着的方式。

它可以在风中随意侧身，
不流泪，也不说话。
没有双脚的灵魂，到处游走。倾听。

谁更自由？谁更虚无？
你看，我手上的星星，闪耀。

# 老将至，或田园风光

凸　凹

回去吧，如果可以，甚至不再
回来……捶打大地胸脯的拳头，是那么多
白嫩的萝卜。苹果被地心
抛出的绳索缚牢，怎么挣扎也回不到
天空的新娘。施肥的农民
在一群麻雀看来，比下毒者
更能令冬梦倒退：充满悔意。说什么呢
一株稗草跑进稻田，远不是一尾无鳞鱼
游进鱼塘，找到饥饿的美好。风
藏在雪花里使劲，让一个节庆
变得快速、抖擞、激动不已。那么多
童年，一瞬间打开——可是
怎么也打不开——这是白昼，梦还没罩来
但我还是看见了我果园里的父亲；但我
还是看见了我茶园里的母亲——他们
一个在天国，一个在地上：白发散开
飘满门前的铁桥，门前的后河

# 雷声太大，我把它拧小些

离　开

一场大雨，败叶满地。我试着蒙起
春天的眼睛，不让她看见
春天堵了惟一的通道，积水不知所措

车过，雨水四溅。你要小心，它会弄脏
你的新衣裳，弄脏春天的表情
春天，风可以吹落一个下午
雨可以迎面扑来，带走
树上安静的一小片光阴

如果大雨不停，我就呆在屋里
如果雷声太大，我就会在夜里抱紧女儿
把雷声拧小些，再拧小些

以上均选自《客家诗人》2016 年创刊号

# 《火柴》诗选

## 钱塘江七月十五夜（外一首）

飞　廉

江水峥嵘。
小沙洲，白鹭敛翅，神秘，不可接近。

草虫齐鸣，水边的乱石呼应着
天上的星斗。

一碟新米，几枚长安镇的小青橘，
半瓶茅台镇的赖茅，

菖蒲叶铺满桌子，

在他乡，我们开始祭祀祖先，
在他乡，我们开始议论生死。

### 十月四日过凤凰山旧居，江边候潮

王安石，苏东坡，陈师道，陆游，赵孟頫，龚自珍，郁达夫……
都在这里写下诗句，
梵天寺经幢下，破败的蛛网，挂着几滴昨日的寒雨……

一只白鹭，收拢翅膀，走出晚潮欲来前动荡不安的江水，
新一代人已长成，我也披紧外套，悄悄退到芦苇的暗影里。

## 仿佛在下着大雨（外一首）

黄沙子

父亲躺在病床上，邻居们深夜来看他
他问，现在是什么时候
他们回答天快亮了

父亲吃了一惊，他从没有祈求过
黎明这么迅速地到来，而他
还没有准备好起身

母亲也没有睡，在一旁纳着鞋底
父亲说，把油灯再拨亮一些

黑暗虽可免除懒惰的罪名
但疾病则是由于少做了善事

父亲因此说了两遍，仿佛
屋外的大雨又下了一次

### 夜晚依然很冷

我记不清这是三月的
第几场雪，父亲说还会有更多的雪

那些雪花相互依偎着坠落
整整一个冬天它们都不曾言语

雪落完之后，天空显得更加宽广
但湖水变浅后淹死的人不会重新出现

# 野　鹿

（外一首）

舒丹丹

鸟羽有风，松林上有薄雾
夕阳的金手指正抚摩群山的脊背

一棵白蜡树的牵引让山崖躬下身子
俯看脚下两只悠闲的野鹿

我们停车，在松针的阴影里呼吸、倾听
沉陷于周遭渐渐聚拢的黑暗

湖水微漾，神似一种天真
无边的静穆，近于本我

在山野，生命各领其欢，纯粹而自由
如心灵盛开，如鹿垂下眼睑

## 独对鹰嘴峰

原本我对你一无所知，
你的山崖，你的红松，
你坡地上散步的小松鼠笃定的气度
让我惊奇；当我擅自为你峻美的险峰

重新命名，把这片陌生的风景
秘密地唤作：优山，美地，或者
你好，美的，忧伤……

我知道，你的鹰嘴峰已应声而答，张开翅膀
朝我飞近。如果在对面的悬崖
寻一块巨石，或背倚一棵伏地的古树，
坐下来，独对这只山鹰，

独对这一小片自由的天空——
风，蓝得透明，语言和意志
都显得多余，这一刻

世界柔软下来，无忧可伤：
我们卸下尘灰，以沉默倾谈，轻轻地
就抹平了我们之间的深渊。

# 城西即事

（外一首）

双　木

蓝色巴士从迷雾中疾驰而出，
城西广场已开始虚弱的老年保健操。

他们在树下重复出现，准备赶往
城市的中心，云层紧锁的理想重镇。

我此刻想起菜场的鱼苗从池中跃起，
那些悲喜翻涌而来，万事无法着陆。

即便飞鸟低空回旋，鸣起歌谣，
寂静的周围，也依然不动声色。

## 晚间雨

晴川街的晚灯在雨中稀松如爱人睡衣上甜蜜的圆心。
我们撑一把缀满雨珠的旧伞，进入本地口音的社区，

地上杏叶生花，宣传栏贴满招租广告，那些果树里
的经济适用房缓慢吞吐潮湿的黑。我们从异乡来的

都在这阵雨中快速成为相互的声响，只有秋风之间
蹿出的动物们，才使我们微微收紧夜晚虚晃的镜面。

# 草稿：夜读

莱　明

我遗落在自己的鞋子里，捕获疲倦的声音，
每三声尖叫，就遇见一个危险的人。

这时候，树停止了生长，暮色从天而降，
那危险的人，从我的嘴唇起身，与我告别。

我退回暗处，用心领会屋檐的低矮，
仿佛一件发生很久的事，突然结束了。

但院子里，灯亮着，噪音正沿着墙壁滑落——
有人，在风中校对记忆，立誓做一个好人。

我拆开她，读，用鞋带系住每一个感动的句子，
像整个夏天，我旅行在，两只耳朵之间。

# 点　烟 (外一首)

江安东

到露台抽烟。
气寒风凉，天空已经黑得
什么也看不见。
打火机的声音很响
空旷的楼体之间，回荡的
声音，好像来自对面
某个人。
火苗像一条银鱼
在漆黑的水面跳跃了一下。
对面无人。灯光
也将要一个一个熄灭。

## 在树林中

果实埋进暴雨一样
密集的树叶。它们不会说出
成熟这个词。
那些激起微尘的坠落。
那些沉默的离场。
枝头被未来的霜雪遮盖的那颗
将苦味藏进内心。
此时天地静谧，明亮的光
像利斧劈进树林。
木香幽微。
鸟鸣飞散。
我像树木一样闪烁。

# 细雨中访甲乙村计划

阿　翔

在蜿蜒中缓慢，但这还不够，
在大片山雾中连缓慢都难以察觉。
耸立的出生地之旅，已经到
这里了。仿佛是一个寓言的古老，
从迷信到缥缈，在我们之间完成了深渊。
恰当的语速有助于我们清醒，
通常，甲乙村环绕静谧，我确实没见过
山中有村落，空气兜售少有的自由，
得好好看看周围，那些小浆果
从不带有私人性质，展露着
我们不得不面对的美丽的缺陷，
再配上农舍的背景，看上去不影响
夏日很快地沉入黑漆漆的夜幕。
叶子在叶子里像新换的舌头
更灵敏，稍一碰触就会缩回到后面。
偶尔细雨放飞附近的瀑布，蕴含着
神秘的情感。显然，我在这里
被冷得发紧。但我想，肯定不只是
改变了我的身体，不同的深度
有不同的体验，像是有了一个主语，
人和山水经过相互指涉，才会
掌握天赋的可能。所以，我的讲述
无法穿透村落的沉默，仅仅是
比轻盈更偏爱于对抵达的克制。

以上均选自《火柴》诗刊第一卷

# 《海子诗刊》诗选

## 丰　溪

一　度

从流水中听剥茧声，听丝竹声
听过往的反复纠缠
微风里，听久病的小外公
他的预见。即将消逝的生命之声

听自己崩溃掉，烂在湿地的
滩涂。再也不会因为
一块瓦片，坐在灰蒙蒙的石桥上
哭，看灰蒙蒙的邻人
如何走远，吞下烟囱上的落日？

听笔直的乡间小径，没入荒凉
在房顶，那些不肯睡去的人
抱着久散不尽的薪火，听丰溪一路奔腾

## 服药记

吴少东

我依赖一剂白色的药
安度时日

每天清晨，我漱清口中的宿醉
吞下一粒，化解经络里的块垒
让昼夜奔跑的血液的马
慢下来，匀速地跑
有力的蹄声，越过
倒伏的栎树，明确自己
又过了一程又一程

药片很白，像枚棋子
掀开封闭的铝箔，提走它
在体内布下两难的局面
无所谓胜负手，提子开花
以打劫求得气数
每走一步，都填平陷阱

我想以你入药，融于肉身
陪我周旋快逝的时光
制我的狂怒和萎靡
唤我跃出每日的坑井
我视你为日历，一板三十颗
日啖一粒，月复一月，忘了盈亏
像技艺高超的工兵，排除雷
排除脑中的巨响

其实我依旧在寻求
一剂白色的药
用一种白填充另一种空白

## 独　以

（外一首）

黑　光

树林独以一树花呈现时间
精神振奋与自我爱乐
他在行走中建立孤独
诸般念头纷纷萤火虫般出走幽暗
他诚恳招待自己
以一地草绿擦洗眼睛
以一泓溪水涤洗唇齿舌头
以落花香清洗鼻子

以叶上风摩洗耳朵
他庆幸！他已钻出书屋，逃脱车声
避开脂粉缠缚，针管追捕
看呐！他在草尖上跳
他，多么无垠

## 有 衡

狮子不懂鲨鱼
云朵不懂石头
你照镜子，我写诗

我低头看月，你抬眼观花
一样宇宙，不一样楔入

你穿旗袍倾述民国
我开窗户速写今时

# 旧 蝉

柏 羊

我一直在吃力地跟她交谈
我用很多句号来提示她夜已深了
而偶尔的一声蝉叫
让我产生白天和黑夜的错觉

秋天的蝉，刺激睡眠的
身体里的动物。这个经常尖叫的小丫鬟
坏透了。湿淋淋的声音里
裹着我的酒兴。
她总是无所事事地跟我
谈论秋风，雨后，露水，落叶
和烈日下的小舟

风好像停了，早该停了
堤岸越来越远。我听见哗啦一声
这只蝉在下一个季节里
通体透明。从树梢上掉下来散落一地

# 黄河颂 (外一首)

刘 年

源头的庙里，只有一个喇嘛
每次捡牛粪，都会搂起袈裟，赤脚蹚过黄河

低头饮水的牦牛
角，一致指向巴颜喀拉雪山

星宿海的藏女，有时，会舀起鱼，有时，会舀起一些星星
鱼倒回水里，星星装进木桶，背回帐篷

## 羚羊走过的山冈

这里的农民都是花匠
种着大片大片的荞麦花、油菜花、洋芋花、蚕豆花
这里的寺庙，对着村庄

在这里，我空腹喝了两大杯青稞酒
倒在金黄的苏鲁梅朵中
上一次，离天这么近，还是在父亲的肩上

在这里，鹰，依然掌管着天空

# 天太凉快了有点冷

张执浩

从北方来的云遇到了从南方来的云
它们在天上推推搡搡
它们是我最早见过的大象、老虎和神
已经下过雨了
风把树叶掀开就能看见杏子、桃子和李子
我从一棵树上蹿到另一棵树上
我在变幻的云朵下面模拟过
一切遥远之物的影子

神秘的不是它们，是我自己

# 我们仿佛是水面上漂浮着的几片树叶

路　顺

简单点，我的朋友。我们
先喝一杯。上次你送给我的茉莉
枝头上已经挂了几个小花蕾了。
你在北京，还好吧？
一个人住在地下室，每晚
还有月光能照进来。总会想起
老家的房子和杏树。那时的夏天
我们在池塘里洗澡，扎一个猛子
能抓几条小鱼儿。有时
我们就在水里面撒尿。我们仿佛是
水面上漂浮着的几片树叶。饿了
我们爬上杏树坐在树杈上吃杏子。
晃一晃，我们到了中年。每次
相聚急匆匆，说不了几句话
我就已经在动车上了。好了
干了这杯，不用再兜转
终究有一天是句号

# 那一片野蒿子花

## ——给吴汝纶

苍　耳

把远和近，生和死加在一起
如今只剩下这片野蒿子花了。
它们在无边际的雨云下面拥抱自己
飞　自己。风吹草声填满了
幽灵感知的脆薄空间。你抚摸的那个根蒂
仍是灼热的。你为之疼痛的细小黄蕊儿
一触即碎。一世的雨水淅沥不止
沿着茎叶仍流回你的瞳孔——
你看见的，世界未必看见。

地底的钟声响了。一九〇三年正月的雪
突然打断随后而至的早春。
义津的苍鹭凝止在空中，像拒绝朝廷的
一个姿势。桐琴弦断。
命蹇梦长。伢子们该上学了
灌木丛长久地围困你的阴宅，它们要试试
你的遗骨是否仍是硬的。
哦，把红和灰，此和彼加在一起
最后只剩下这片野蒿子花了。

# 踢着一只空空的易拉罐

宋烈毅

你在路上发现的一只
空空的易拉罐
试试看，你踢着它回家

你一直踢着它
专注地踢着
不要和路上其他的事相干

踢着它
你发现月亮在你童年的时候
比现在还要圆还要大

踢着它
一路回家
回到有一棵漆黑的塔松站在门口等你的家

以上均选自《海子诗刊》2016年创刊号

# 《诗中国》诗选

## 坐在梅花上的女人(外一首)

清水心荷

雪花在我之前，用它的小动作
雕琢娉婷的身姿
一款旖旎临风
足够让我从十二月转身

而如果，粉色的笑容被悄然夸大
就在你开放的前夜
用视线拉长一朵雪花的路径
看你染红无限江山

如果风再次慢下来，且不说接木移花
不说，你在一次初吻里
体香曾被寒风放逐，也曾把满腹心思惊破
也曾剥裂出伶仃的骨节
也不说，你用八角扣，扣上睡醒后的衣褶

我注定是沉吟你暗香的女人
所有的轻盈，都与你有关

### 在时间的清流上

那片水域，你的柔情
想象的雪花开了，你眉睫深处的回眸
不可停止的比喻

那夜的雨，一直下个不停
永州的那条江
一夜之间，水就暗涨了三尺

昨天，有过一小时的落雪
鸟儿没有飞绝，江上的游人
把经过手心的雪花，捻成水的模样
而那个独钓江雪的人，只钓走水中
六十分钟的寂寞

选自《诗中国》第21期

## 今夜，我不写荷(外一首)

空　馨

只写明月，写月下一池水的惊魂
夜风抹不平的褶皱里
不是所有的倒影，都适合玉碎
没有雨滴灼伤
淤泥塌陷的那一部分，我也
握不住清凉

假装没看见，这么难
月光裸露的水域，叶片疯长
曾经叨念过的那个身影，要弯多少次腰
才能在今夜流淌
花开的声音，低于水面
就低于了故乡的荷塘

那一年，也是这样的月夜
我在岸边写一朵
母亲就俯身在水中
摘下一朵

## 废墟，槐花白

废墟之上，几树槐花
先于我的到达，悄然绽放
很显然，妩媚的已不是去年那朵
城南旧事里，那些花开
那些低头的羞怯，只是适合送别

就像经过瓦砾，与槐树偶遇
已不再是一个巧合
残垣断壁间，那么多苦修的白色花朵
犹如我的知己，一抬头
顿时醒悟

这是否，预示着草木荣枯
一切皆不可言说
或者这些，什么都不是
只是一场小雨后，荒芜有多深
槐花的洁白就有多辽阔

选自《诗中国》第 27 期

## 你看那落日 （外一首）

碧水蓝天

水天相接处，一坨浑圆
驮起一滴鸟鸣
归来的心愿，揣进芦花
轻轻一吻，日便羞了

白日里，误撞百亩苍茫
万千感慨，寻不到路径
那一刻，风是暖的

向阳的花朵
将收紧的花瓣，指向故乡
我读出了
天涯咫尺的内心

一抹红晕，濡染心扉
落入掌心，把玩
喏，鸟翅扑打着落日
偎进，一方斜阳的暖

选自《诗中国》第 24 期

## 初夏有雨

一场雨，半夜启程
把最初的慵态弄醒，一如住进体内
噼里啪啦的声音，敲响乡村的鼓面

用一种期待对付一种恐惧，往往更有效
犁头辟开的春天，肥硕一茬花季
初夏的雨不记前情，仰起脖子，咕咕噜噜地
饮下淋漓，遍地漫流。一些殷实的目光
游弋天上大块的云朵。入夏，跟着感觉走

摸一下窗牖，潮潮的，带入
黄昏的某个时刻。夜里
揣一兜蛙声入梦，渐渐地
浮起黎明

选自《诗中国》第 26 期

## 夜行列车 （外二首）

一叶独清

梦与醒不断交替，这些年的疲惫
和黑夜接近，在车窗外
一片连接另一片

公路偶尔同行，汽车的灯光提出例证
光明一节一节，总被抛在身后
我想问它：是否孤独

追寻的意义是否归于放弃，黎明若来
光线，切掉了哪一处暗疾

亲爱，除非想你香甜的睡眠
和村庄一起安静，除非
从一种难以自拔的疼痛
陷入另一种

## 惟一的私欲

用什么供养时光，才可以日渐丰满
在最美处停下，用什么诱惑它
流连

女儿的小花裙子又放开一寸，老爹老娘的白发
已经没有再浅几分的可能
我和你，仍如初遇

丰满每一片叶子，接住
多出来的光线，枝干强壮挡住
每一丝寒风，而你们
睡进甜梦

为这，我取出所有的善念，清苦
修行，这惟一的私欲
始终不曾四大皆空

只好捧出白雪和月光，每夜每夜
涂了又涂

## 老 屋

屋脊塌下了，这小小的妥协
让它和岁月暂时和解
凹下的形状更适合接受，像极了
老爹老娘怀里最后的弹性

红缸瓦颜色转暗，每次风雨之后
总有几块退出原来的方寸之地
老爹讲到当年挂瓦帮工的王福死了
说这回，不知道他把自己
留在了什么地方

木质的门窗换过几次了，玻璃擦得锃亮
老娘说，这样就能看到外面很远
语气里有些低叹

跋涉在路上，每年回来看它一两次
发现它一天老过一天
往事在墙缝轻声呜咽，有风吹进来
我总想用身体挡一会儿

选自《诗中国》第 25 期

# 《诗领地》诗选

## 狂欢之后

（外一首）

南　鸥

蚂蚁爬动着自己的宿命
一粒谷物，无力支撑大地的黄昏
米酒的记忆九曲深幽，重阳的
火焰慢慢变黄。当人们从酒窖醒来
万家灯火熄灭，谁来守望
那来年的重阳
一只苹果把秋天举过头顶
秋天被火焰昼夜解读。当火焰被灰烬说出
当灰烬飘散记忆，谁以逝者的言辞
诉说秋天的苍凉。枯瘦的土地
无法将血液流向枝头，只有风
摇动最后的表情
其实火焰藏着天空的野心
瞬间的闪耀，挥霍了昂贵的一生
当黑暗吞噬了最后的星光
天空终将露出白生生的骨头
当万物失血，只有逝者
向天空赎罪

### 雕刻时光

当黑白的光影打在他的脸上
他被一束光雕刻，完成了自己的宿命
他交出生辰八字，交出染色体的
纹理与姓氏。一张脸被刻成废墟
时光只剩下遗址，只有一具
躯壳在风中摇晃
与此同时他也变成了雕刻家
高耸的阳具才华横溢，伸向黑夜的私处
他被时间挽留，他也挽留了时间
就像一位早逝的天才在午夜重新复活
每一刻痕都是绝笔，每件作品
都是千古绝唱

就像野火，就像野火的眼神
就像眼神从幽暗中射出的千年的雷声
就像躲在雷声背后的一场大雨
它们洗亮了碑文，它们说出了身世
时间泛出了绿斑，晶亮的盐
从海面浮现

就像那风，就像那风的舌尖
就像舌尖上的闪电，就像闪电的刀锋
剖开黑暗。幽暗的夜空从此
灯火阑珊，腐烂的身体又重新展开
那些死去的灵魂，又重新获得

## 有时候

（外一首）

桑　眉

有时候他会不停叹息
躺在卧室
床板太硬让人辗转反侧

她在书房看书或打字
在心里说着对白
一边听小金鱼呼吸
声音很像接吻

有时候他说她不会接吻
她就下意识地开始拒绝
一切与吻相关的
比如拥抱比如做爱

她想相爱的人亲昵应该自然而然
一边唤彼此的乳名或亲爱的

## 快要发疯的女人

不是电影。
这人生，有时现实得
让人吐口水

她俗不可耐
在两块五一斤的土豆与四块一斤的豇豆之间
做思想斗争
比起圆滚滚的土豆，她更喜欢豇豆的修长与青翠

每天早晨都被闹钟吵醒
或者被一支枪逼着下床
洗脸、刷牙、用谭木匠的梳子梳疯长的刘海
她们试图给世界蒙上面纱
被她一次一次含恨剪除

含恨的理由不止于此
多数时候她不流露
驯鹿一样温顺
可背地里，背对着大世界或观众
她冲某个患病的男人大喊大叫、
扔菜刀。披头散发
像头母狮。

## 选先进

（外一首）

金指尖

举手是一种仪式，也是最好的谎言
我不开口
没有人明白是赞美或咒骂

其实并不需要我们说出
其实选与被选都是一个模子里的姓氏
无非一个在台上，一个在台下

今天和明天，什么都将上演
乌青的铁铳、辎重已押上岁月的列车
阎王开店，小鬼难缠

更愿意听一只麻雀歌唱
那样我就可以名正言顺抬起一只脚来
真心实意向它致敬

事实是猫叫春，狗爬骚，一个乌龟
和一个兔子讨论安全帽和避孕套
——兔子他妈的干爹是最大赢家

哈喽，蚂蚁打着口哨经过会场
总算回复了阎王爷的拐棍——
我说举手不过为了看清镜子里的姿态

## 过边城

在凤鸣山，我看到林木围剿石头
石头，比童话更加干净
它们，一尘不染
它们，拒绝一切装饰之物
再说酉水银蓝，是风清时正的山里人家
养在深山的另一张脸
它略带慈祥之意
——云过去了，牛和羊过去了
此刻，轮到我们
走在其中，走在一片山茶树中间

要相信天空不会欺骗我们
我的吻带着寻路的烈焰，一排黑瓦房
在植物中露出脑袋
在古树的吊脚楼上扮鬼脸
它们与吊脚楼是近亲，但不是姊妹
我们，在边城茶峒
是远客，是花絮，是一草一木之外
与守得日落月升的管弦小曲

对峙中的黄昏

不知碧水中间谁是近水人家
和沈老笔下开不败的一朵朵桃杏花?
谁又愿与我不见不散
在边城的悬崖上，在黄泥墙下
与我沽酒……

## 读　诗

(外一首)

水　湄

诗的多语义性，像不像面具
佩戴于无数个身体? 倾听着
我落下了一些新疾症。象征、隐喻，甚至
一些非虚构的叙事。相互缠绕
加密，障眼法，如同川剧“变脸”
它是一个技艺。我举一个例
节外生枝，前不久闻知一个事件
因为纠结，因为诗的隐喻，险闹一出人间悲剧
夜行重复着阴影，孤独时，我乐于用来读诗
2014 年 6 月 22 日下午 5 时 3 刻，一首诗
我穿过它的倒影和不倒影
穿过它的属性，穿过它内部最高的秘密

## 我告诉你

告诉你，事物会再次还原到它原来的位置上
我也是如此。灵魂缠挂在身上，自审、自省
然后无限、无形、无知地新生
萌发出新芽，萌发出光、形、声、影
回旋，变奏。我多次推敲，修饰
而我，不在那里。不和谁谈论，不可思议地
见到你，我想成为你。异乡人
回到僻静处，如果此时风吹过，如果你与我的大地合一
在阳光下，我的灵魂就会飘落在你身上
重新被允许。一个人有多么不完整

## 满目菊花纷纷坠，尘嚣之内几分黄

(外一首)

黎　阳

中年是个无法跳过的词
那片曾经葱郁的原野，此刻
秋风荡漾

落了，也就干净了
手臂之上无法托举的老和小
都是时间最亲的重量

只有凡心还在追逐那些裸露的影子
高耸的胸襟，以及光滑的曲线
一闪而过

所有的花瓣都是故事的主角
在阳光的背影里

## 那些黑是不是凝固的疼痛

如今的黑，就是一种渐渐逼近噩耗
远离阳光的温度，在月光还没发散之前
一切都在混沌的花朵里

充盈的眼眸里总是会深陷几个影子
不停地用乳名呼唤　呼喊
直到一切回声戛然而止

总要定格在一张黑色的相框里
或者根本没有相框　只是
留在几个念头里，就足够了

谁也无法保证转过身的时候
背后递过来的不是一把尖刀
黑是厚的，厚在力度无法穿透

以上均选自《诗领地》2016 年第 4 期

# 《花山》诗选

## 山　影　（外一首）

张云方

那么多年，江水反复清洗和冲刷
终究未能将它淘空
一个巨大的宁静，在流逝深处
成为时间坚守的秘密，梦一般纯净
让人忽略了具体的内容

### 德天瀑布读水录

江山断裂，石头受伤
道路，止步于隆起的悬崖

无辜的事物在陷落
流水，怀着尚未抵达的愤怒
劈空而下

仿佛被放逐的马群，前扑后涌
飞落、撞击
让坚硬大地，也在对抗中微微战栗

万物沉寂下来。两个世界之间
只有一条河流折叠出庞大的格局，倾注不息
似乎，要填满这人世的残缺和裂缝

回声中，这些顺应了存在的水
不胆怯不悲观，它们从容的节奏
悬空的姿势，一再重复着我们内心的惶恐

## 这些天一直下雨

六　指

这些天一直下雨
而我就站在巨大的建筑物内部
站在往事低矮的屋檐下
看着越来越多的你，密密麻麻的你
从我积攒的云中，骤然而降
她们来不及与我作别，便四处飞散

这些天一直下雨，万物
被湿气笼罩，万物啊已经踏上归途
但只在夜色中，我才会循着雨声
走入雨中，我伸手接她们
我敞开自己，像湿漉漉的枝条
像菌菇，从松软的泥土里慢慢钻出

## 迟开的扶桑　（外一首）

零俊光

寒霜中
那一朵扶桑花开了

灼红的烈焰
在叶簇中磅礴出它所有的孤独

一直以来，它都躲在阳光下面
看那些蛱蝶，如何在花草丛中穿行

而它则把所有隐忍着的渴望
藏入花蒂，让时光
在它心头刻上生命的裂痕

而今它终于开放了
虽然那么孤独
仍将黄色花蕊里的清香灿然绽放

那些刺骨的寒冷，并未使它退缩
相反，在严寒的霜气里
借着旭日颀长的背影
它唱出了虽然迟来
却是发自内心的赞美

## 雨　水

雨。旱季的泪水。在晴朗的天空中突然飘落
纤细而又瘦弱的玉米苗
仰向天空
撑开它们枯瘦发黄的小手
擦亮父亲心中的渴想

南方大地上纵横交错的条条阡陌
也在它的晶莹里
滚滚涌流，夹些儿水藻，夹些儿浮萍

拂面的风，吹活了
穿插在田埂、麻栏、灰尘、沟渠、黄泥小屋上的
　香味
被干旱吸得疲惫的小草
在风中，抖落了压在它们身上的水珠
继而，将满身的绿意
撒向天涯海角

## 一道目光就是一个亲吻

（外一首）

风瑟木美

她吻着日光，月光
她吻着露水，山坡，羊
她是永远开启的玫瑰之门
向你敞开着，翅膀

她躺在河面上
为灵魂洗去周边的淤泥
她随你一起过江
骑着你被太阳捉着的影子
她赶着春天的快马，笃笃地驰骋在你的心宫
她坐上你安排的宝座
成为最亮的星星

她很多时候遍布天空给植物浇水
周身开满了各种属于爱情的花
只有你看得到，翅膀
她的亲吻住在你的唇间

## 一个残缺

在被称为美得极致的地方，有一个残缺躺着
它的腹腔里，灵魂能发出声音，花朵张开口说话
我脚步的舰队追寻着它

它有一个渡口，走入了渡口就是走入了迷宫
我盯着它，直至眼睛下雪
我软化的思想缠着它

那么柔，且烫手
我将它含在嘴里，仿佛含着花苞

它那么美，美得连啜泣声都是缥缈的
可我不能没有它
它空出来
是在等待出走的另一半月亮重新爬回来

## 词　语

萧　飞

握着火热的词
如烧热的铁器
适当
拿来防御

在夜深时
拿来取暖
想它的前身
从一个人身上走来
再从另一个人身上出去
过程涉及
一道门
一本旧杂志
穿透是多么不易
每个人都是一个国家
防御那么深，理想那么美
如经过，必潜水
秘密而行

## 一棵树

蒙玉林

一棵树，在旷野中
站成天地间无法雷同的风景
一棵树，长成了种子所有的梦
仿佛，一棵树和大地拥有共同的根

一棵树，千百双手伸向天空
它要抓住什么
它抓住白云会为谁撑起清凉
它擎住风雨会为谁
占领一片沃土

一棵树，站在岁月深处
它的挺拔证明了什么
是天地的亘古
还是光阴的永恒

一棵树，已经站立多少年
还要站立多少年
它每一次迎接闪电
是否能让内心
超越了死亡的追逐

我就这样坐着
看一棵树站着
一棵树站着，它让我感到
天地之间再也没有别的事物
拥有伟岸的资格

## 收　网

（外一首）

刘　学

天空凝重，云层
垒积的筹码
把初春的河面压弯

对峙的枪口下
黑夜里滋生的罪恶，四处逃生
却无一漏网

等到船桨挑起了晨曦
界河岸边
一股白花花的泪水
开始在指尖流淌

### 证　词

证词埋伏，像一把刺刀
插进了冬天的喉咙

时间沾满毒性
又一次站在审判台前
接受灵魂的讯问

除去色彩斑驳的表情
那些无可替代的句子
在一场狂风暴雨后
走向一个虚无的国度

以上均选自《花山》2016年创刊号

# 《诗乡顾村》诗选

## 古戏台前听昆曲

杨瑞福

仿古的古戏台前
我扮作一位虔诚的听众挤进人堆
听醉醺醺的鲁智深醉打山门
随偷下山的小和尚
萌动春心

真好想感动一次，假装泪湿胸臆
不只与似曾相识的剧情一生有缘
落魄与机遇似隔久远距离
古时的月亮仍旧落入今人怀抱
所以疲倦，请允我真醉一回
为台上的戏，更为了舞台之前
立在戏外的自己再次入戏

## 提灯的人

箫　鸣

提灯的人忘了时间
忘了岁月
忘了自己

她站在隆冬的雪花里
站在炎夏的骄阳下
站在自己的冥思上

许多人从她身边走过
许多事物从她身边走过
许多日子从她身边走过

谁都忘了她的存在

我说的是一座雕像
站在街心花园
多少年过去了　早已蓬头垢面

## 拐弯的樱花

夏　云

这樱花，开着开着就拐了个弯
这花期远远地看
更像一个背影越来越远
她或者微笑，或者流泪
谁能看得见
这些美好的樱花，总喜欢
神神秘秘，隐藏着她的含蓄
在温暖的黄昏突然来临
又在某个夜晚隐退
一个转弯就让情节扑朔迷离

樱花在野地里转了个弯
再发现她时，樱花树已经发福
满树的花开得实在太茂盛
所以，樱花雨下来时人们来不及打伞

顾村太美了，以至于岁月暂停在这里
春天走后，樱花还在招手

# 在时间的转折处

张　超

有时需要歇一歇
繁杂中学水鸟找一处宁静
困倦的时候，就当小猫
太阳下打盹或者躺下
不要总像绷紧的弦

没有白云样的自由
也不能像小鸟口无遮拦
我们像深陷泥淖中的种子
风雨中走完一个季节
然后盘算，来年再乘哪一条船

既然没有驭风驭雨的本事
那就学回游鱼捞捞秦汉
弹一曲高山流水，吟一首西出阳关
或者撑开雨巷中那把油纸伞
找一找丁香般的通感

# 刨红薯

吕建敏

河滩上没有风
成熟的红薯是山民的牵挂
从春天布沟、刨坑到浇水
红薯在黑暗中悄悄地生长
穿过石头的缝隙，穿过雨水和时间
终于要离开生养的土地

我拔起藤蔓和叶子
露出红红的皮，白白的瓤
红薯上沾些湿润的泥土
散发着清新的气息
山民满怀喜悦，围着红薯
挂着乳汁一样的记忆
就像看着家家户户的地窖
变成红薯的洞房

# 江南味道

叶　谦

拂晓，一场雨
噼里啪啦掷向茶山和竹林
梦中的春笋，不明就里
探头看究竟

雨停了
噼啪声没停，原来
伸完懒腰的春笋
脱下毛茸茸的睡衣
随手一扔，身子猛一蹿

紧跟脚后的蘑菇
吓一跳，怯生生撑开
一朵朵小白伞

只听快门津津有味
“咔嚓、咔嚓”咀嚼着
这春雨酿造的，江南味道

# 不是作家的我

沈仙万

有一天，不是作家的我
挤进作家领地

于是，有的人
捂嘴偷笑，有的人
像看门缝的风

作协主席说，无非是
多了一双筷子
对于数千人的筵席来说
谁认识谁啊

我想也是

不就是一只麻雀与鹦鹉的区别
还不同属鸟类

## 左岸右岸

曹惠英

一座城市，一条河
流淌着千年的血脉
祖辈们的名字
也许模糊，而你依旧

温润的七月不流火
我静坐在你的左岸
倾听你的脉搏和心跳
任凭时光怎样雕刻着经典
你却总也脱不去凡尘
而空气中弥漫的咖啡
也已饮不出曾经的辉煌几度

夜色下的右岸
听见你沉重的脚步
在经文不绝的铁塔里
在灯火如香火里，守着
高贵的巴黎，苦度

## 雨中的街巷

陈曦浩

街上，沉默的人有多少
细雨飘摇，行色匆匆
一脸冷漠

身后，人生的两岸
不断悄然退去
眼前，隐隐的楼群
遮断云天

时光转身，是你的背影
穿透了岁月流年
揉碎了雾一样的梦境

细雨飘摇
路面空了，行人走了
走向新的迷茫
谁也没有歌唱
沉默，是雨中的街巷

## 画一幅画

郭佩文

抬起你的眼睑
两口深汪汪的泉眼
已蓄满五颜六色的颜料
画一幅画，用眼睛去画眼睛
就在变幻莫测的天空下
悠然自得，去画

画上，眼睛看着眼睛
眼睛催着眼睛
喷出连绵不绝的春来
喷出你将命名的新来
那些，都将烟消云散

眼睛还会长出眼睛
画还会长出画
你抬起你的头颅
眼睛不会再趴下

画一幅画
布满本就简简单单的眼睛

以上均选自《诗乡顾村》2016年第1期

# 《中国现代诗人》诗选

## 文明里的一粒尘埃（外一首）

燕　杰

刚从风口里跌落
刚从马路上扬起，我很圆滑、没有刀锋
在阳光里飞翔，轻轻地
轻轻地张开翅膀

透明的身躯，没有暗
在阳光中闪动
学着雪花的姿势轻轻地飘
感恩上苍，尽管我只是一粒尘埃

无论落在哪里，都能听到美好的问候
都能听到诵经读典，马列福音
虫鸣鸟叫是我的三餐
感恩上苍把我生在文明里

一粒尘埃，我也有生命
在这里，从没有感到自卑
众生平等，拥有同样的大地和蓝天
温暖和幸福留住每一天

### 说到生态，湖底的草就绿了

虽说我是阳刚的男子
也畏惧西北风的残忍
吞没繁华、温度
湖底的一丝绿意都不放过
黑色的腥臭，是残忍的一部分
犹如漫天飞舞的冥钱
燃烧着死亡
一切都消失在物质的坟墓里

生态是生命纯洁明净的信使
说到她，湖底的草就绿了
玻璃上被西北风凝固的冰花
变成滚动的生命

脸上刻上笑容，我和你一样
走出屋门，在街道上、田野里
种下春的种子
翠绿和沁香就长出了翅膀

选自《中国现代诗人》第5期

## 与水为邻（外一首）

韩东林

说到水　就会接近一种柔软
或者想到桥、小船、涉水的少女
还有摇曳的水草　娇媚的莲
水　滑过词语的肌肤　或者内心
文静得　没有留下些许的痕迹

水　总是不露声色地营养我们
像我们视为亲人的邻里
我们相邻而居　和日子一起行走
没有什么意外

可以将我们分开

夜晚　偶尔的喧嚣
那是水　力争和我们做一些交谈
或者　为一朵落花朗诵抒情的诗句
有时　看似淡泊的流水
往往比我们　更懂得爱情

与水为邻　久久之后
我们就衍化成一尾尾快乐的鱼
在七月的梦里　游来游去
直到完全遗忘了自己　和那些
布满伤口和烦恼的　记忆

## 西域的雪

我在楼兰古城的眼泪里
聆听到　比一匹马还迅疾的羌笛
还有　风雪呼啸的歌声
他让我此刻　醉倒在一杯酒里
用爱情或梦幻取暖

西域的雪　遥远而不可企及
就像死亡　在沙海中的岛屿
等待　或者徘徊
我不知道　相遇的那个日子
是否会成为　一个隆重的盛典

但是我已经知道　有一场雪
固定不会与我擦肩而过　那些
在大雪来临之前就已经枯萎的传说
或许　只能在另一个遥远的
春天里复活

今夜　我在一首诗中诉说寒冷
在文字的体温中描述寂寞
这和西域的雪无关
但和一位远在西域的诗人有关
因为今夜　他会在一杯酒里
酩酊大醉
和风雪和草原一起舞蹈
而我
却在他的诗歌里
宁静地进入——雪色的梦乡

## 忘怀塔

毛鸿斌

夜，睡成一个安静的谜
无数双眼睛
从天空，窗口，地面，到水中
此刻我不忍擦去鞋上
堆积的情绪

生怕一不小心，有风
从翠竹的缝隙里，泄露九层的秘密
而时间也许会因此
踩着一辆自行车，拖走
头顶上，一粒粒
黏稠的秋霜

你在等待或者忘却什么，我不敢问
一枚黄叶，和那些水草拨弄
的心跳，只会吐着
一圈又一圈的孤独
像淮河一样静静地流走

以上选自《中国现代诗人》第8期

## 读　你

王开山

静默足够　一千年蹉跎岁月留与今晨
寻找精神的最后遗址
像信徒受阻的匍匐之路
湮灭了所有的想象
惟独残存张狂的几缕线条肆意凌辱我的思绪
注定在云山细水中
找不到归途

躲过繁华
浮尘轻轻隐去昨日的刻骨疼痛
隐去守望
也隐去了黄色泥土的悲悯和恩泽
因为　这一刻
这一场虚拟的情节无法消除我内心的贫瘠
还有丝丝彷徨

七月　或许蓄意多时
或许在远山近水中修饰着古往今来的传奇
当山不再是山　水不足以是水
这一畈寄托生生不息的沧桑领地
决裂神祇的护佑
忘记了栗子的色泽与味道
企图放纵过后　用妩媚来救赎我的良知
我的愚昧





## 为你一生抒情

唐雪南

就这样提着笔
面朝白纸　等待着
一年一年的扉页

爱上你　也许是我们前世的缘
把平仄中的一缕浓墨　越磨越香
一颗丹心　远离世俗尘埃
月光般的心事
如常青藤逶迤生长

爱上你　是不是一个错
文字与心灵会不会冲突
因为你　渊博
我终将在你的心上死去
不管是忧郁　还是伤感　注定与你同行

爱上你　逃不出施了魔法的汉语
也许文字中的美女　把我一颗孤独的心
用燃烧的火焰　点亮生命
嗅着你的芬芳　追寻着你的风花雪月
为你一生抒情

以上选自《中国现代诗人》第7期

# 《左诗》诗选

## 提灯的人 （外一首）

宫白云

黑夜提着白昼
摩肩接踵的人群提着自己的影子
乌鸦提着栖身的树
提灯的人提着尘世——
从一城绚烂中挑出灯芯
从四处的污浊中择得慈悲
当一河的月亮熄灭黑暗
一盏灯模仿神圣
好看的光线从低处
献过来

### 端　午

一条江，载走一个永恒的名字
于是，就有了一个诗人节的荣耀
当端午成为一个象征
吃粽子的含意也开始千回百转
且看上去像刚刚飘过槐树梢的妈妈的笑容
就这么剥粽子样剥开晚风吧
艾蒿的清香也一下子就贴向了黄昏的轩窗
而我还是那个踩在晚风上的女孩
美美地等待妈妈煮的大锅粽子出锅
那时的我们有多么快乐
我和哥哥、姐姐一边等待一边猜三角形粽子里有
　大枣
还是四边形粽子里有红小豆
我们都期待可以吃到有五花肉的那个
它滴落的每一滴香
都香在我们的血管并再生一些东西
就像幸福
突然拥有了一个可安放的结构

## 你要忍受 （外一首）

泥　文

我已准备好了，要将积压在心里的话
在这短短的几天说完，三个三百六十五天
我欠了你多少债啊，嘘寒问暖或者唇齿相碰

秉灯夜谈，此时已没有桐油灯
用电灯你会心疼，那就借夜的黑
掩饰你我说话时会牵扯到的言不由衷

比如说这些日子你过得好吗
比如说这些日子我过得好吗
我们学会了掩藏，不再有一是一

有一是一的小山村啊，你我陌生了
一碗粥同享的时光，我要
用尽几个昼夜才能找回？

带着异乡的口音
我酝酿了太久，只等打开话的闸门
听我的无所顾忌，你要忍受

## 这泥土够低了

这泥是低了，这泥土够低了
在众生的足下，低到没有了脾气
低到逆来顺受，那么多的颐指气使
和摆弄。猫狗可以
草木可以，石头可以，水可以
沙粒可以，那么多尖锐的器具可以，大大小小的
人
让泥土的头颅往下，再往下
在他的身体上随意斩切
就算体无完肤，血液汩汩地流
泥土有嗓子，却不喊疼
有手脚，从不反抗
让别人在自己的身体上，种庄稼
说情话。让别人
在他的身体上，建高楼庙宇
做梦。泥土从不流泪
从一处到另一处，被风随意拆卸，肢解
在背包里抽旱烟
让烟圈一声接一声地说话

# 我不说今生

谷 冰

雪花从经文里落下来，成为青草的前身
枯掉的秋天，正通过一条幽邃的巷子抵达通灵

风这个掮客，只负责运送悲伤的往事
苍茫在这里修行，菩提若隐若现
我藏在牛的背影里，看云朵漂浮，草生草枯
任咀嚼的声音，把冰雪上的生命歌颂

过不了多久，我会把牛儿从苦海渡向彼岸
留下三叠印月，与未来联袂澄明

以上选自《左诗》2015年年选

# 秋 事

（外一首）

张 洁

思想殷红的血
缓慢渗出。草的眼睛
一肥再肥

视线里的大碗茶
在褐色里裸奔。白日光。凉薄的空气

泥，塞满了知了的叫声
最后一夜。蛐蛐自杀
撞响英雄碑

天小得像个灯泡。照向一个头颅
花岗石上的败草，根根战栗

坚果坠落。蛛丝
挂上空枝

## 光 芒

别以为我写下了一个好词
你们就争先恐后地造句，作文
把一张白纸弄得像一堆金子
是的，我是喜欢光的，和你一样
但芒却是刺
是抵住你的胸口，逼你交出目力和信心的
锋利的匕首
在黑夜的路上
那些狂奔的无良司机，就是用它作武器
困你于惶恐的岛屿，举目无亲

同学们，现在我写下光芒万丈
大家低下头，背过身
或者破帽遮颜，沿着墙根
衔枚，疾行

选自《左诗》总第九期

# 伤花怒放（组诗）

落草汉语

## 写给王昭君

你身披那场大雪，怀抱的琵琶
是家国最后的止损点。此去
乡愁山高水远，孤鸿别成发髻
裹满春秋的薄裘，冷艳得
堪可否决江山社稷

## 写给西子

江湖如匹练，将阖闾云烟与浣纱情节
一节节甩远。激流之上
你裙覆波诡，兀立阵阵雁鸣
那个美男
是你横渡乱世的惟一舟楫

## 写给貂蝉

美是极其危险的事物，靠近她
就靠近了悬念。三山五岳自此失去平衡
金銮殿如卜算子一签
上阕是美女计
下阕是尸首分离

选自《左诗》2015 年年选

# 《存在》诗选

## 林子那边

刘泽球

没有道路通向那里。即便是
采蘑菇的人也没有留下脚印
更不用说种庄稼的人
捡垃圾的人、架设电线的人
你曾试图拨开带着锋利锯齿的长草
和密布着硬刺的灌木枝
向林子背后走去
几只蚂蚱和蟋蟀在斑驳的草丛里跳跃
粉紫色的酢浆草朝着阳光昂头
你看见，那片林子像密密的矮山
如同你一生中
遇到的许多无法翻越的事物
白云从那后面渐渐飘远
在阒无声息的傍晚
你知道有些看不见的飞行
在林子上空聚集
那是枝桠上方的鸟穴和蜂巢
大地搏动的心跳

## 写　作

李龙炳

外部的黑暗和内部的黑暗
没有什么不同
从黑暗到黑暗是封闭的伤口
我爱过的几个白衣女子
重新回到了书本
她们不再爱我头顶的天空

一个满天繁星的时代已经结束
我关上没有玻璃的窗子
等待一只蝴蝶飞来忏悔

此时含泪的人都在成长
白桦树要从这里哭到俄罗斯
冬青树要从这里哭到宋朝

写作就是在虚空中倒拔垂杨柳
浪费的力气可以修一座寺庙
浪费的语言足够谈一百年的爱情

现实与记忆的交叉点上
我看见穿过针孔的那一个人
拼命擦拭着莫须有的红色灰尘

## 写作课

陶　春

1

从一个
词的黑洞，驶出

惊恐的手
喘息，挣扎着

在一页白纸
瞬间解体
飞鸟叫声的漩涡表面
重新竖起
清晰
创世色彩波浪航向的桅杆

**2**

正午的斜坡之上

超负荷运载
笨重光线

——太阳的卡车

从天空卸下
一幢幢
飘移轮船般
高耸万物
灵魂实在体积的阴影

## 7月10日重庆雨

胡　马

跳出陷阱后，生活露出一丝笑容。
怀揣借来的身份，年轻野兽
一心图谋去解放碑，不小心
到了鹅岭。在重庆地铁，
他对线路的选择
无意中犯下了路线错误。
行囊简单，一幅地图
说明不了他的来路和去向。
逆行的风景远了，在他的身体里
陷于一场宿疾和暴雨。
收起爪牙，他不得不屏住呼吸，
紧握磁卡，以免偏离了既定轨道。

出现，消失……倒过来的海面下
金字塔形建筑群瞬间闪过
太阳穴两侧的山峰。
比鱼群快，但比呼啸的子弹慢。
鱼尾纹末梢，天空一片敞亮。
透明隧道牵引他在深渊上滑翔，
时间和空间交替切换：
陪都，雾，汽锤，红卫兵公墓……
围绕记忆的钟摆，寻常事物
被演义成历史的序言。
源自权力美学的雌性兽欲，
城市主题色从精神上主宰了一切。
锚链轰响，齿轮缺失的一环
只有盲人听出关节短暂的脱臼。

跟这半岛登临类似。
四十岁以后，偶然即必然。
他从抛物线峰顶，俯视
前后半生：杯底江山无限
除了繁华气象，属于他的薄酒，
还剩几许？广场的棋盘上
一棵榕树撑开亭亭华盖。
男孩们醉心于捕蝉，老人们
喂笼中黄雀，等对方
打出最后一张底牌。
谈天气，物价，遗产继承……
要操心的事很多，注定难以委决。
朝天门下，轮船在躲避洪峰。
嘉陵江和长江摊开白绫，
绾一个无人能解的中国结。
沿江两岸，只有白鹭俯仰由心。

## 湖畔月色（外一首）

陈　克

湖水上涨，窗台会整夜浮动她的面容。
湖水下落，她已消弭于不可知的阴影。
这明暗的转换，等同于一个人
微茫命运
逐日加深的裂隙。
我的爱在此，从悬崖裂变为刀锋，
有着怎样的眷恋，就有着怎样的诀别。

## 候车室

有什么悲欢犹可重述
每一处暗影，都不过是人间腐臭

总遇见一个在此寻人的疯大爷
手里牌子写着从前的她
怎样“眸若新月，肤如凝脂”

——确实丢人呐
我有再多死去又活来的欣喜
也难承受更多死去又活来的惶惑

## 天

谢银恩

写下这个字
如神秘自然子宫旺盛生殖力
繁衍出
天空、天堂、天命
天气、天运、天道、天平……
一连串魔咒般跳舞汉字
纠结成沉默的钥匙
试图打开死亡的大门
让所有亡魂称一称他们活着时的重量

落日滚过废墟
把血和记忆
永恒地钉在城市高大的脚手架上

## 酒

曾令勇

如果可能，就虚掷掉
所有光阴
随风潜入时间的杯沿

委身于
一粒葡萄的多汁。幽微处

那几乎不可察觉的
爱的烈焰。如何……
先是藤蔓
然后翅膀、脖颈、金属的戒指连同
未及抖落的尘土

你突然焦渴。不知
怎样破解残局

## 初　春

宋光明

色彩，从寂静中醒来
并再次统一世界
那神圣而重复的景象
翻新无数记忆

一个男人望着新芽
开始口齿不清
像解散的冰凌汇入流水
骨架散落而被挤拥前行

他的词语充满疑问
只有天空能清晰辨别而无法作答

以上均选自《存在》2016年“20年纪念特刊”

# 民刊诗选

FOLK PUBLICATIONS CLIPPINGS

（以首字笔画为序）

主编：蒋能、谢泗儿
创刊时间：2011 年 9 月
出版周期：不定期
出版地点：贵州纳雍
代表诗人：蒋能、谢泗儿、兰香草、串珠等

## 我知道，我将一次次爱上这世界

梁　沙

总想不明白，复制的表情
与每个人都如此合身
某一瞬间。空空的
空空的肉体辗转难眠
——在砧板上

说起锋利，大铁刀的寒气长成森林
一条鱼剖腹产下
突兀而暴动的眼球

人们站在虚空里，伸长脖子
对准刀锋，割断气管，
割断下水道
割断经血
梦从胸部穿堂而过

我不爱闪着光的金子
不爱公主的王冠
不爱情人的胴体
我知道，我将爱上这世界
穷极一生。一次又一次

## 我爱这天地辽阔

串　珠

生命原本就是一次出逃，放任我在这人间奔跑。
我逐一饮下前路你为我预备的蜜汁与苦杯，
唇舌不舍弃品尝任何一种滋味。
白天艳阳高照，夜晚星群闪烁，呼你名时还会喜得流泪。
我的主，放任我在这人间奔跑，不要急于将我俘获。
不要急于将我俘获，我爱，这天地辽阔。

## 背　影

这　样

我迷恋每一个消失的背影
在变小的早晨，我爱上那树顶一闪
而过的消失，所有的爱
冲至身后，世界没有你说的那么甜
也没有那么沮丧，她就是雀叫的样子
背着书包的样子，她走过来
背过身去，我看见大地上布满
各种各样的背影，我看见
驼峰散尽，映在小镇的碎玻璃上

一段扶梯也有木质的背影，经过扶梯的父亲
把影子投在三十年前，咳嗽声渐远
母亲在岸边浇芹菜，背影
依然年轻，我看见黄土卷起的马路
爷爷牵着水牛消失在
早晨八点，那时天空飘着稻草灰
有多少条马路就有多少个
板结的背影，有的打着无骨伞
有的拖拉机一样移动，有的把长头发
拖在刹那的腰间，所有的人
倒着走了，把背影递给我
我在原地无可退，无论世界给我
多少次背影，我报以白梨花的笑脸

## 时间在这里慢慢空荡

满筱竺

风吹过，山谷丁零地回响
空荡的背脊，不断挣扎，回望
土地湿润的骨骸
树根吸收的水分足以发展一条河流
从极北到树顶端。包括养分

山洞里除了空气，再也找不到额外的故事
空空的前门，空空的结尾
偶尔，传来一两声鸟鸣
炸裂在沉睡的梦里

所有的时间也是空荡荡的，空在纸上
空在空洞的眼睛，空在心里

## 女人的脚掌

蒋　在

本应该带着仇恨
然后　再打开一扇门
我是谁　我带上这个问题
扭过头的时候
外面就已经完全乌黑

没有蝉鸣能够告诉我
我该怎样去调　明日的钟摆
该有怎样的发髻
你看得到吗

那么　另一个城市
该传来怎样的回答
都写在了　女人的脚掌底下

## 大　地

熊生婵

每一个命题都将是优雅的
以他独特的姿态
存在于生命之大气中
我们是如此贴近这一份爱
仿佛挥霍了所有的时光
天上有星星和月亮就好
无论多少。地上有生物就好
无论说不说话
我把自已想成一株皂角树
长满身的刺
挂满身的皂角
大地是未待开采的尘埃
苍白得，如一张纸

以上均选自《一首诗》第6期

主编：杨平
创刊时间：2007 年 9 月
出版周期：季刊
出版地点：重庆
代表诗人：施迎合、黄伟、任正铭、李万碧、梦桐疏影、向阳、戎子、风子、苏柃北、苏陌年等

## 每一场台风都有一个好听的名字

向　阳

她们是温黛，麦莎，桑美，芭玛还有妮妲
我从没见过她们但听说过
我无法想象，甚至不相信
那些目不忍睹的狼藉
是她们路过后留下的——你看看
她们有那么好听的名字，一次比一次好听

## 燕　子

李万碧

噪音反复抽丝，我拒绝焊接那些山水
拒绝叶子飘落的时候
你还在建筑的空隙藏猫猫
拒绝皮肤病，传染病，职业病
拒绝裹在影子里
还假装不知道

朋友和我谈起燕子
抬头看了看，他想看到它时
在哪里的天空
打开一枝花朵

燕子北归不识小桥流水人家
她衔过一片叶子
在沙滩，在车上，在高石村，我一次次看到

以上选自《几江》总第 40 期

## 将自己一次又一次地反刍

苏陌年

是不是诸多的痛楚和诟病，都可以
使外围挺拔起来
我没有更丰满的身体，诠释这贫乳的生命
妈妈，命运对我仁慈的馈赠
在于我闪闪发光的雀斑。骨隙中的藤蔓剐着我的
　肉体
使我矮小、黝黑，使我充满窘迫地
深情地爱着回忆
妈妈，你曾把我藏在坟墓里
无论我怎么反驳阳光，反驳锈蚀的血液
如何拆解肋骨，让它们
像树木一样不被任何事实歪曲
妈妈，那么久了
我还是像个愚不可及的掘墓人，在黑猫的体内
将自己一次又一次地反刍

## 月光谣

风　子

月光，像一只小兽

啃食着甘草

一列火车经过了村庄
经过田野的晚霜

当你低下头来
像三两只觅食的羔羊

秋风微凉，夜色苍茫
谷仓里早已堆满了月光

月光，像一只秋虫
咬破了时间的行囊

以上选自《几江》总第 41 期

## 我们在沙发上玩手机

杨　平

你和我
一个在沙发这头
一个在沙发那头
——玩手机

眼睛紧盯着手机
我们不放过任何一条信息

你手机里的群太多
我手机里的群也不少
从这个群到那个群
个个群都很热闹

爬楼梯　抢红包　发表情
我们的双手忙个不停

我们很难说句话
我们说的话都在手机里

偶尔我们抬头一笑
突然觉得　彼此的那个笑
怎么那么遥远

## 玉兰的葬礼

梦桐疏影

蝴蝶抬着棺木，一粒尘埃领路
从天空到泥土，一个外乡人终回故园

多停留一会儿好吗？一路上再歇一歇好吗？
从含苞到今朝
风一吹过来就到了

活着，只是一棵树
死了，没有墓碑

春天才刚刚开始
一朵花离开，还有一万朵花盛开
一万朵花离开，人间还是繁华无比

无声的葬礼，阴影深处
一个亲切的声音在说：
回来了！回来就好！

## 毛　衣

H·海子

丈量完我和弟妹的身体
母亲就开始等

等夜晚来临
万物安静

等雨天如约而至
所有的劳动都被迫停止

只有这种时候
她才能用一种叫作毛线的东西

织一张网
网住她的儿女

以上选自《几江》总第 44 期

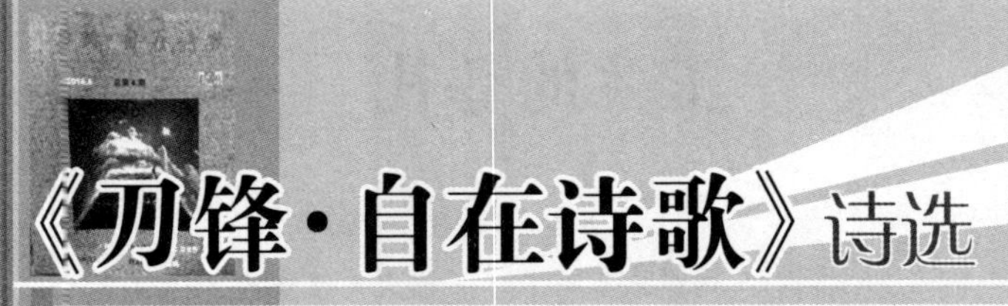

创办人：冷铜声
创刊时间：2014 年 2 月
出版周期：不定期
出版地点：深圳
代表诗人：冷铜声、王丽颖、阿麦、马晓康、雨人等

# 一只站在睡莲叶子上喝水的鸟〔外一首〕

王丽颖

秋雨让池塘的水充盈起来
这条路不是必经
但我每每都从这里走过
风，像透明的缎子
冰凉柔软
在距离一步之遥的地方
我发现了它，在众多叶子中间
它指挥着音乐的身体
比一颗水珠硕大
因茂密羽毛遮盖住脚趾
看上去它更像是滑动
小而尖利的喙有节奏地拨动水的琴弦
也许它是我的或是专门为我出现
它不知道它的吞咽有明亮的涟漪
像是爱情
那么美
那么危险

## 我看见的月亮

我看见的月亮
是代替你的
在一顿饭之中我想了你差不多有几十次
在筷子伸向鱼的时候
在酒瓶往杯子里注入酒的时候
在米饭散发香味的时候
在人们讨论月亮的时候
以及这些时候的间隙
我裹上毛衣去向你描述一轮月亮
它像天空的牡蛎吐出它的珍珠
奔跑，向上，飞
我无法准确说出它的美
只记得
那时候的小广场上，只有我一个人
一会儿跳上花坛
一会儿爬上更高的扶梯

# 梦醒后

冷铜声

梦醒后，嘴巴里弥漫着苦味
记不清梦见了什么。好像被
一群狗追赶，好像被一只大脚
踩在脚窝下，骨头断裂
但没感觉怎样疼
天刚蒙蒙亮，寂静带着新鲜
我起身来到窗前，木棉树喷吐着
泡沫一样的棉絮。远处楼群
还是昨天的模样。街道上的车辆
一层层刮起地皮，像滚动的
刀片。没有鸟，也没有鸟叫
没有更多，就像昨天。我打了个哈欠
窗玻璃上溜过一丝熟悉的不安

# 死灵魂

刘　频

你的灵魂已经变成了菜市场，那里
阴暗潮湿，人声鼎沸，鱼的腥臭撺掇着你前往
那渔网中的大海，昔日的蓝色飞浪拍击着
诗歌的呐喊，飞溅到市场经济的摊位
那是假冒的羊头，那是日常生活的便利交易
有一双眼睛从灵魂鼓凸出来，在仔细分辨着
被农药和化肥催熟的毒果。和你的失魂落魄一样——

我也在午夜里辗转难眠，这是知识分子的臭习惯
牧神放下了鞭子，和大伙在社区里一起打牌
我是要退出灵魂呢，还是要退出身体
我在妥协的时刻，等待爱情的股市刷刷上涨
于是从时代的铁箱里，一个人伸出的脑袋
应该就是一把斧头，也是一棵制造斧头的树
我要六亲不认，我要把自己变成异乡，这样我才能
在高铁的途中，与风吹麦苗的故乡垢面相逢

那个在菜市场经常相遇的熟人，那么他呢
在和无锡美人离婚后，他习惯了愤怒和平静。在一场
严重的传染病之后，他习惯了回光返照的安抚
哦，空空的地板上还在走动着《特拉斯基进行曲》
他听见灵魂在溃烂，在流黄水，叫春的野猫助长着
病毒的扩散。——哦，要下手
要对生活下狠手，要切割掉灵魂坏死的部分
但这个怕死鬼，临死前还找不到一把合适的手术刀

# 玉门关

楚青子

想必昔日这里应该有驿站，旅馆，商铺，酒馆。
有吆喝声，叫卖声，贩夫走卒，引车卖浆之流。
有驼铃，商队，兵士，酒鬼，流浪汉，来往使者。
有汉人，月氏人，乌孙人，匈奴人，吐蕃人，龟兹人。
有胡杨，战马，烽燧，刀戟，箭弩，秃鹫，紧急军情。
有冷月，美酒，琵琶，胡琴，夜光杯，和怀乡病。
如今这里只有一堆土墙。

# 用骨头敲碎另外一根骨头〔外一首〕

醉生梦死

过客运站，过咖啡厅。大道
已经敞开胸膛，他要进入十二月
揽着空瓶子，废冰箱，一匝铁皮
咬紧一辆手推车，从阔地到墙缝
雨水以毁灭之势。他压低了重心
用骨头敲碎另外一根骨头

## 我的身子停着一支锚

他们要填海，要堵住渔村的胸口
马鞍藤在岸成为画布，趋于抽象
从鱼篓里跳了出来，水手们去结婚生子
成片的红树林在衰退，老人也未曾数清
台风到底有多少双强劲的臂膀
那艘走失的船，再也不愿和港湾重逢
满载泥土的车队行驶过村口，畅通无阻
晴朗，一动就会疼。我的身子停着一支锚

# 日常之诗——菜叶上的青虫〔外一首〕

雨　人

我洗菜时发现菜叶上卧着一条青虫
旁边有被咬的洞洞
(是妻子今天早晨从菜地摘菜时偶尔带回的
如同佛像从寺庙搬到了博物馆。)
很绿，喜欢玩朋友圈的一定会拍下来上传微信
可我不是手机控。
若在从前，一般人家缺油水，也许会炒来吃，打牙祭。
现在只有吃货才会这样做
疯狂喜欢一切野生的东西。
可我没有时间再把它送回园子
我不是佛陀
不相信生命的轮回
这些想法只是一瞬间的事
我把它连同菜叶一同扔进垃圾袋
结束了它的旅程。
它不太可能变成蝴蝶，就像我不可能是几千年前的庄子。

## 日常之诗——争吵

他也不知为什么争吵
总之不让他睡床上了。
沙发是木沙发
海南产的
波浪状，不适合躺下。
他干脆睡在衣柜里
小时候，每次妈妈外出
总把他锁在衣柜。
他梦到在一场空难中支离破碎
他们把骨骼串在一起
里面搁上磁铁做的一坨心
再用猫肉填上
像布娃娃一样缝合
头是一只空的杯具。
这使我拥有强大的磁场
让对面敌人开的坦克和手枪上的螺丝
甚至裤子上的金属纽扣
统统脱离
他们一个个逃了出来，双手提着裤子
跑了
像我们家的蟑螂快速藏在沙发底下。

## 手　语

阿　麦

惠特曼说　我赞美我的身体
那时候他三十七岁
而今我也三十七岁
我的身体水草丰盈
我的双手握过的手　不知去了哪里
不知现在握着谁的手
我的手拔过甘草　掰过玉米
给人拎过包裹
我的手数过星星　校正手稿
抚摸爱人的躯体
我的手紧握方向盘　探索未知的路
蔓延深深浅浅的伤痕
我的手反驳我的身体　逃避责任
我的手没有猎杀女人

我的手同情我的身体　死了也和我在一起
我的手给自己签名画押　这是一双
穷人的手
劳动者的手
写诗的手
搬起石头砸自己脚的手
我的手和所有人的手一样
都十根指头
都想握住另一双手
我的手伸直　或弯曲　或攥紧拳头
奉行着自己的指令

我的手　我的手　我的手
我的手　我的手……
在广通河畔捡拾落叶的手
视万物为尘埃的手

## 公园里 〔外一首〕

方文竹

阳光撒着粉末的暗角　我嗅出
一朵野蔷薇的普世之美

那是因为心灵本真　禁不起
唯物的注脚

那是因为　这里的风是干净的
在自然课堂里苦修的人
像一种小麻雀冲天而上
然后轻轻地落下　抹去
万物的刻痕

## 朱旺古镇

我喜欢一个人月夜来
看那十万草民
经唐宋庭院　明清朱户　民国石街
一起涌来　起舞　翻卷
腾千层浪　顶百重山

亿万年的草丛间　我只是一只低鸣的微虫

可是更多的人
在光天化日下来　一路阳光
抹平万千事物　沟壑　征棹
断鸿声里　一缕时间的暗影
黝黑的马头墙上栖息一只时代白鸽

楼台高锁内
草枯草绿

## 堵车的前线

桑　克

车堵得结实。
没有人知道前方究竟发生了什么。
没有人知道
前线在哪里。

乱糟糟的线团
可能仅仅起因于
来自不同方向的两辆
相互卡住的汽车。

他们的谦让来得太晚
已经没有余地使他们
退回来处而得以拆解
相互纠缠的厄运。

没有一个士兵
乐意站在战争或者前线的第一排。
没有一个士兵洞悉
长官部的安排。

司机普遍的修养，
使汽车喇叭悄无声息，
而内心喇叭的狂野尖叫，
早已震聋灵魂的双耳。

警察的手指牙齿
辨别线团的断头起点，
他们掌握的技巧
遭到足球裁判的讥笑。

对于成为灰烬的
担心不是无缘无故的，
而晚霞正在立交桥的
右上方显示全部的预言。

彼此打牌或者
通过手机与时间讨价还价，
或者兴致勃勃围观
轮胎和地面的争辩。

黄昏政治的粗心……
而且不能应用真正的炸弹
使鹿砦轰的一声
无影无踪……

只能凭借空气的钻营，
梳松紧绷的神经针线，
仿佛方便面浸在水中，
越来越自由散漫。

车龙终于动弹，
一路见不到断壁颓垣。
其实是战场清理得干净，
空中飘着看不见的

细细的炮灰。
嘻嘻的尘烟。

## 在小镇　〔外一首〕

胭脂茉莉

这样的一个被拖拉机的轰鸣声
惊醒的清晨
在我走向充满稻花香的小路上时
我想遇见一个用清亮的嗓子哼着小调的
围着花头巾的女孩
而不是先走来一个老人
又走来一个老人，再走来还是一个老人……

## 杀 树

他把砍树叫作杀树
他杀死了他窗外的那棵
夜夜偷窥他的香椿树
把树干做成了好看的木格窗
余下的做了一把椅子

## 国家的伤疤

杨 骥

坐在主席台上方的
这些老人
面容沧桑　表情木讷
他们是一个城市其中一段历史的
见证人
或者准确地说
是一群大屠杀中少有的
幸存者
悲惨的经历从他们
干瘪的口腔中
一个字一个字地蹦出
布满血丝

我已经无数次地聆听过
他们不厌其烦的诉说
蜷伏在观众席中
远远地凝视着他们
仿佛凝视一个个尚未结痂的
国家的伤疤……

## 青红皂白

苏美晴

她穿过，也脱过
备案的记录里写着十八
其实她刚刚十二
玉乳还没有外显
弱小的身子，与石头紧紧相连
或许心就是石头吧
或许刚刚从身子上爬下去的那个人
也是石头
石头被风带走
石头又坐在桌子后面
她只低着头说
父亲与黑牛
黑牛与土地
甚至说出教室外，那个露着风的墙
她还说父亲抱着脑袋在哭
就像抱着落日
云朵飞过，红霞漫天
她说那美丽得如海洋
桌子后面的人拍案，她哆嗦了一下
她说：我喊他们叔叔，他们不听

## 暗 夜

汪雪英

醒着的白天
睡着的暗夜
对于一个盲人来说都一样
因为她的内心充满希望
在心灵的最深处
有一片阳光
照耀她的心房

在我们很多人的视线里
无论是醒着，还是睡着
无论是白天，还是黑夜
都是虚无和苍白
都是困惑和无奈
睁着的眼睛，缺乏滋润的光泽
垂着的睫毛
最是那一低头的哀叹
暴露了，我们的心灵是失明的

**以上均选自《刀锋·自在诗歌》总第4期**

# 《三棵树》诗选

主编：马忠良、刘杰、薛晓勇
创刊时间：2009 年 1 月
出版周期：半月刊
出版地点：甘肃华亭
代表诗人：马忠良、刘杰、薛晓勇等

## 悬崖上的狼毒花

师　榕

秋风掠过山冈
一些枯枝败叶发出窸窣的声音
一些残留的绿叶和枝条在风里颤抖
马蹄沟的阳坡上
柳树梢头抖落着一地蓝喜鹊的欢叫声
我守望的杜梨树掉光了最后一片叶子
只有悬崖上的狼毒花，独自红着
红红的浆果，像漫过山冈的红钻戒

狼毒花，揣测着从秋天滑过冬天的时针
簇簇绿叶，在瑟瑟秋风中扯起冬天的花襟
当一场瑞雪在风之上弥漫了山野
犹如群蝶飞舞，众鸟齐鸣
雪地里奔跑的红狐，与旋转的狼毒花
一同涅槃

选自《三棵树》第 80 期

## 三个缺少乳房的女人

马路明

三个女人，一个来自河南社
一个来自河西社，一个来自水泉社
她们在河边相遇了
她们三个都患过乳腺癌，各缺一只乳房

她们一边洗衣服，一边说话
打工的丈夫。念书的儿女。卧床的公公婆婆
以及村子里各种各样的事情
她们还会露出笑容，笑出声音

她们会说出许多不同的秘密
她们也会说出一个共同的秘密：
缺少乳房的妻子不一定还是妻子
缺少乳房的母亲一定还是母亲

而缺少乳房的女神
还是会被顶礼膜拜

选自《三棵树》第 83 期

## 混凝土

富永杰

这些混合而成的事物，不会互相排斥
就像你瞧得见我心中隐藏的玫瑰

它们遇水，互相吸纳、依附
融为一体
就像我们，很多的时候
因为一次相遇
身体里的树
叶子尚未开花，根早就连在了一起

## 腌

张彩红

就像在寒霜里搬运松果的松鼠
我也开始筹备过冬的食物

甘蓝　辣椒　白菜
当它们在我蜗居里排成队列
这壮观的景象　像是迎来整个庄园的秋天
我确信我是在搬动整个秋天
的剩余部分

当冬天被炉火挡在门外
几把从血汗里提炼的盐
使我腌制在陶瓷坛子里的岁月
变得有滋有味

劳作　使大地的馈赠
一直延续到冬天的餐桌
我在想　下一个欲望的滋长
为何没有泡制腌菜的过程漫长

生活是一口大缸吗
腌着地球上的万物　同时被腌的
还有年华　几十年的浸染
你将不是你　我将不是我
你我将成了谁的美味
最后上了哪张餐桌

以上选自《三棵树》第 82 期

## 村小学

陈宝全

曾经，两扇新漆大门
像新学年刚发到手的课本
现在，它被风醇熟的手翻破了

那时候，每个学生的口袋里
都装着三两鸟鸣，发育的尖叫
有那么多人重新从我眼前走过
而我却不能与他们一一对话

桐树叶落下来，像先生的一记耳光
扇在脸上。一只鸟盘旋，羽翅下
藏着我对青春期的深深一问

找到那个女孩抱过的白杨树
我重新抱了一下
它携着一部分干净的我
在落日的余晖里，长久地绯红

## 遗　嘱

周晓菊

在父母见不着的地方
我要秘密立一道遗嘱：
脑死亡之前，我要把心捐给用心的人
把肝捐给缺肝的，把角膜交给失明者
把肾，把皮肤，把头发以及所有
在尘世中存活过的都交出去

凡是从父母而来，在月光之下
经过欲望洗礼的
他们，本不是我的
只不过是，草籽借了一方泥土
后来，还给了大地
它自身，还需在风里从头长起

以上选自《三棵树》第 78 期“平凉诗歌专号”

创办人：佛灯
创刊时间：2016 年 3 月
出版周期：年刊
出版地点：山西大同
代表诗人：庞华、达达、十指、解剖刀等

## 对岸〔外二首〕

扎西尼玛

山坡的小寺院，坐下来等候远去的喇嘛
牦牛的白尾巴，左甩右摇
与一只黑苍蝇艰苦周旋
这一切发生在河流的对岸
水，时刻念诵多年前学会的一句经文

### 牦牛

煮在锅里的那一头，沸水沐浴，尽早熟烂
这样的结局，尽量不连累残缺不全的牙床
蚊蝇追逐的那一头，狂奔，撞击迎面的空气
群体里沉默的那一头，吃一阵草，看一会儿天
什么都不想，排出体内硕大的药丸
转世为人的那一头，咀嚼一百遍六字真言
雪山对面，一生当中，撕心裂肺地痛哭两次

### 素描

星星，我的小火炉，燃烧，闪耀
天亮后，就会熄灭。牧犬埋头
替我焐热嘴巴。天亮后，用嗅觉
辨别事物的面目。太阳，卧在我的身旁
掩面，擦拭夜色的印痕
天亮后，伸长苍黄的脖子，和我一起
走遍天涯，寻找走失的神灵

## 凌晨所见

达达

我在凌晨 4 点醒来
窗外是一片黑的海洋
楼下嘈杂的南山大街
这会儿也是静的
从下面传来中年男人的对话
平和但瓮声瓮气
像在空阔的湖面上氤氲扩散
又仿佛孙犁小说《白洋淀》里描画的暗影幢幢
尚是睡眼曚昽，岁月的英雄们已开始行动
这样的早晨早起是正当的
它让我们看到
尽管社会的信仰有整体下滑的趋势
但总有一些勤勉的人
以一己之力默默撑开暗黑的早晨
把世界引渡到光明

## 合约

庞华

当事人庞华（甲方）
愿意为灵魂（乙方）
无偿提供住所
直到有一天死神

宣布甲方生命终止
甲方在为乙方服务期间
乙方拥有绝对的自由
随时随地可以
居住或离开
甲方不得以任何形式
不得以任何理由
进行干涉

附录：
乙方居住期间
一旦出现任何不良倾向
均必须严厉追究甲方责任
必要时
可要求甲方以生命赔偿

## 底 线

王志彦

一百岁的人去了
呱呱坠地不久的人也去了
生命没有底线

转基因，战争，阳光下的小鸟
挂在了隐蔽的网上
欲孽没有底线

杂交，潜规则，母女俩
共同享用一个男人
道德没有底线

文字里泄私欲，笔墨中炼黄金
假唱的歌手坐在评委席上
艺术没有底线

雾霾中兜售可怜的光线
旗帜下拆除草木的家园
公道没有底线

所谓底线
人心没有
身正如竹的影子也没有

## 家 庭

张轻沉

我在卫生间
洗尿布，堆满盆的尿布
将让我洗
整个下午，一只苍蝇
绕着我头顶
飞，最后停在了我面前
的窗纱上，孩子他妈
在客厅嚷嚷，叫我快点
把她头顶上的苍蝇
消灭，我抬起头来
看到我头顶上的
那只苍蝇还在
窗纱上，哦，我们
抱怨的不是同一只苍蝇

以上均选自《大瞳》2016年创刊号

创办人：刘晓箫
创刊时间：2015 年 7 月
出版周期：季刊
出版地点：重庆
代表诗人：刘晓箫、张智、李文武、松籽、谭钧等

## 豫西平原上的宗教〔外一首〕

李景云属

记得爷爷死后
父亲兄妹六人披麻戴孝，清早哭着走出门去
在每一个路口，向每一个乡亲磕头
包括过路的乞丐、吠叫的狗和风中的树木

擦黑他们回来时，满身尘土，满面尘土
像一群在田野里倒下，而又爬起来的人
烩了一大锅菜的奶奶，看着赎罪还家的儿女
面色平静，眼若古碑，仿佛丧夫之痛也得到了缓解

## 顺着车间上方的缝隙，我能看见天空

顺着车间上方的缝隙，我能看见天空
天空，大部分时间是刺眼的光
偶尔有雨或者灰色的云朵

所幸，黑夜会缓缓地到来
推开光明，推开印刷机的轰鸣
我喝着啤酒，吃着烤串，眼睛越过闲逛的艳丽的女工

远方失去了天空和大地
之间也没有所谓的人类
只有一些细小的微尘，在暗中游移不定

## 夜宿狼牙山

唐小米

风在窗外磨刀
风用刀子撬窗棂
风扫着一地弹壳般的落叶
落叶般的星光以最快的速度向山后移
风传来树们喊疼的号叫
风扔下山顶的石头
山顶的绝望的石头
——风扔下绝望。

在狼牙山，只有风可以攻下任何一个山头
只有风能拔下胜利的红旗和失败的白旗
只有风能让任何一面旗子发出哭声

在狼牙山，我们都想做个英雄梦
但风刮了一夜
风不在教科书里
风比我们更早地跳下去，从山顶
像人那样，为了绝望才跳下去

## 遥　远〔外一首〕

图　雅

离开拉卜楞已经四个月
我忙于自己的事
兰州的朋友也忙于他们的事
只有荣瑟和尕藏扎西两位僧人

有时发来视频
有时发来短信
最好的是发来几张照片
有下雪的
有举行大型佛事活动的
不是白色
就是红色
不是白中有红
就是红中有白
甘南冬季的灰色
几乎被忽略

## 相比羊的孤独，羊肉串幸福多了

夏天的时候
雅士道来了一位不速之客
大绵羊
没人跟它握手寒暄

烧烤店的生意越来越好
还是没人跟它靠近

前天见到的时候
有两只绵羊站在烧烤炉前
烟雾很大
把烤串儿的人和买串儿的人罩在了里头

两只羊
不说话不对视
就像一只是另一只的影子
就像路过火葬场的人看烟囱上冒烟

## 秋　风

李婵娟

八月的江城
独居的女人储备了足够的粮食
关门开窗，一丝不挂
沙发上裸着看书
餐桌边裸着吃饭
跑步机上裸跑
床上裸睡
风从四面窗户吹来
抚摸她乌黑的长发
因太大而有些下垂的乳房
无人问津的私处

多惬意啊！
像一个隐秘的情人
他吻醒了她吻活了她

她愿意爱他
她愿意这样裸着
被他摸着
被他吻着
被他天长地久地爱着

她相信除了风，这从天而降的色鬼敢来霸占她
那些地上的色鬼谁也不会色胆包天爬上24楼
何况她已经是个老姑娘了

## 见　证

刘汉通

我看见了那些蝴蝶草上的灰，
那些一碰就消散的东西。这些年的经验
告诉我：不要妄想永恒的存在。
我越来越感受到时间的杀伤力，
就像一个老渔民面对大海时的黯然。
一些无知的小昆虫在不倦地飞，
它们没有目的，一生的努力只是
在上帝那里获取点食物，别无所求。
在这条通向山顶的小路，没有人知道
两旁的草丛掩埋了多少苍茫的时刻：
鸟们抖落羽毛，风加速吹拂一切
神迹会不会出现，露珠会不会消失
没有人知道。我在这里的行走
和一棵树的生长构成了一个平行的空间
我的屈辱与光荣，也是一棵树所拥有的
我甚至分不清一片白云和它投在
地上的阴影，花和果实、真理与谎言。
如此，我还需要见证什么？
那些藏在暗处的，显现在阳光下的
无非是我耽于想象中的远与近。

以上均选自《广场诗刊》总第3、4、5期

主编：晓丑
创刊时间：2013 年 3 月
出版周期：不定期
出版地点：广西玉林
代表诗人：晓丑、梁宇新、苏远、初夏、空心粉、金浔、牙侯广、再道、高寒、周月燕等

## 你和一床陌生的被子睡过觉

晓　丑

是的，就在这个雨夜里
被子抱紧你你和被子互相取暖
你和一床陌生的被子睡过觉
——你和一根根烟接过吻
你和一只只透明的杯子喝过酒

蓄满精液的打火机代替了
传统的火柴瞬间照亮时间
钥匙插开一扇扇城市之宾馆
与主人进入陌生的屋内
雨液飘洒一夜在窗外的乡村
一些声音从我们互相
打开的肉体里匆匆逃逸

## 母亲的茶花

泪　染

我是在一个早晨发现的
母亲的茶花竟然盛开了
娇嫩的花瓣轻微颤抖着
莹白的水珠
安安静静的如同不食人间烟火的仙子

茶花是美的
它美得并不张扬
玫瑰色的情怀摇曳在微风中
沉沉地爱着茎下的土地
就如同叶子对花的爱
是守候　更是保护

电闪雷鸣的雨夜
香甜的梦颜遗忘了庭院的茶花
睡意未然
而花瓣却已满地

在绿叶重叠的角落里
一抹嫣红隐隐约约
宛若娇羞的人儿
我忍不住伸手触摸
瞬间
我听到了花瓣落在我心间的声音
绿叶倾尽全力保护的半朵
竟在我指尖滑落

我拾起庭院中雨打落的花瓣
还是那般的美丽
岁月无法打击的容颜
却败给了一场雨
也许我拾起的不是花瓣
而是那遍地的心碎

恍然间想起母亲单薄的身影
与那沉静美好的茶花竟是惊人的相似
母亲与茶花
都曾盛开在青春的年岁里
我想　那还未盛开的花骨朵
是老茶花生命的延续
更是母亲深深的期望

## 乡土睡着爷爷

牙侯广

乡土中睡着爷爷
这是九年以来的腊月

乡土一巴掌大
土豆地在一座半山腰
九年前的那天中午
父亲和爷爷坐在乡土秸秆上
抽水烟，吃土豆
爷爷指着远方的笔锋山说
将来我就在这里
后面有山有水
前面气象开阔

一场咳嗽
爷爷放下镰刀
让爷爷耗尽毕生的乡土
一半躺着爷爷　一半躺着乡土

梧桐树花开了
沿着爷爷劳作的羊肠小道
去看看爷爷　也看看豆苗
阳光下的记忆像一缕春风
从草尖上轻轻拂过

以上选自《天南湖》总第三期

## 挖沙虫的锄头

梁宇新

锄头坐在母亲的肩膀上
母亲用锄头杆的末端撬起了早晨的朝阳
用另一端的锄头挖开了天边的海滩，埋没了傍晚的夕阳
锄头杆在母亲双手的督促下减肥了
圆溜溜的杆子似乎要减到稻草般的腰围才肯罢休
母亲挥动着锄头，翻开海滩的肌肉，寻找着海滩体内的寄生虫
落日映衬下的红色海水变成了海滩流出的血液
海风中盈满了血液的咸味
锄头的牙齿在和沙子的较量中由钝变利、由厚变薄、由长变短
结局是锄头残废了，沙子也变得碎尸万段
真相是母亲是一位善良勤劳的海滩医生
给海滩做外科手术的伤口会缝合
锄头不是一把屠刀
而是一把手术刀

## 坟

周月燕

一座坟
静默在那里
稀疏的几株荒草
在风中摇曳着
不知是在跳舞还是挣扎

一层厚重的土
隔绝了两个空间的气息
阳光与阳光以外的世界
生与死间的距离

不知道
外面聒噪的众人与那堆土
会以怎样的眼神凝望
也不知道
那里埋藏了怎样的过往
躺着的是一抔冰凉的土
还是一个沉睡的灵魂

只有
坟头那草仍在眺望
像是在祈祷
也像是在低吟

以上选自《天南湖》总第四期

主编：梁敬泽
创刊时间：2016 年
出版周期：年刊
出版地点：上海
代表诗人：姚伶、邓集跃、刘琪敬、雷振琴、许扬华、龙永安、高洋斌等

## 衣袖上的玫瑰

梁敬泽

绒线织成的一朵小玫瑰，润湿着朦胧的眼睛
飙风掀起，那暗红，那衣袖上随着风摇摆的玫瑰
使我在盛夏的尽头，想起那个温柔的女人
穿针绣花，咬断绒线

## 无　题〔外一首〕

殷朋超

蓄谋已久的秋雨直直地栽在地上
过路的蚂蚁吓得魂不守舍
嘴边的那一粒米早已不见踪影
藏在树丛中的乌鸦说着东家长西家短
一阵风将枝头的枯叶恶狠狠地击落在地上
那多嘴的乌鸦被暴露在外
羞答答地闭上了嘴巴
我在纸面上撒下一行诗的种子
期望它能长成一段佳话

### 穿

扯一块烙满岁月疼痛的布
做一件婴儿衣
一件新婚衣
和一件裹着忧伤的寿衣
后来想想，最大的区别就是尺码不同
交集都是用来穿

## 鸣笛声中，我听到伤口在喊疼

袁　伟

雨夜，枪伤复发
秋风瑟瑟里
有她隐忍不了的疼痛
八十五个年岁过去
她还会跌进过去的噩梦
一颗子弹嵌入身体，痂
成为深刻永久的记忆。她
享受没有伤痛的感觉，因此
要选择一个日子揭开伤疤
一阵鸣笛，唤醒一些耻辱的光阴
再一次，她把伤口敞开、关闭
用三分钟的时间，讲述战争的罪与罚

## 鸟　语

周光敏

只要一起床，你就是将军
三声号令响彻山谷
一场生活的交响乐便拉开了序幕
这一点，我们彼此赞赏

我和你隔着一扇窗
透明而多网
在距离产生美的错觉中
我用一些笨词，野百合用少女的清香
奖励你，清亮而深邃的鸟语
擦洗了天空

以上均选自《无忧诗刊》第 1 期

# 《太白诗刊》诗选

主编：詹正香、石玉坤等
创刊时间：1983年5月23日
出版周期：季刊
出版地点：安徽马鞍山
代表诗人：杨键、石玉坤、李钢等

## 凌云塔

石玉坤

浮云寄远，山水寂寂
草木各有姿态
山中，乱石如累
像卸掉的生活之重

经书刻进石头真的不朽
一块残碑，冰冷的身体
有热血，有悲悯之心

塔，用八方的铜铃说话
它的投影
成为迈不过去的坎
无论上或下，来或去
塔梯给出人世的波折

## 午后的蝉声

姚成颖

午后的蝉声
比去年更密集地生长
与一片微凉
从枝桠上垂下

用烈焰熄灭的声音
与你交谈
正像夏日的爱
铺天盖地地传来

这是短暂的生命
在属于自己的季节盛开
也许只是一瞬
却照亮彼此的一生

## 在养老院〔外一首〕

孙艳萍

时钟变得缓慢，在这里
褶皱是他们的外衣，脱不下去了
它将跟随他们，直到
去接受死神的召见
空寂的墓地
将像一块勋章般授予他们
这是最后的荣誉
而此刻，他们只能在五十平米的院子里
踱来踱去，仿佛在计算
去领勋章的
日子。

## 土街

以一种既近又远的
姿态，隐遁在狭长的巷子里
光阴并不长，在新旧交替的瓦砾间
颓败和簇新

一起成长，像青梅竹马的
孩子，注定有距离，但目光却依偎
在一起。流浪的狗趴伏在下午的光影里
随后安静地走向巷子的尽头

那么缓慢，仿佛光阴
要将它压倒，让它随时睡去，但可能
只要一声鸟鸣，就能让它
再次跳起来。

以上均选自《太白诗刊》2016年第3期

# 《中国风诗刊》诗选

主编：黎凛
创刊时间：2006 年 2 月
出版周期：不定期
出版地点：湖南浏阳
代表诗人：南鸥、蔡宁、左岸、马笑泉、远人、吴昕孺、欧阳白、梦天岚、吴投文等

## 数不清的钉子

梦天岚

它们在我的身体里站成一排
渴望成为森林
并因此长出锈迹斑驳的根须
抓牢我，尽管我的土地并不肥沃
它们甚至幻想长出钢铁一样的枝桠
将我撑破。远不止这些
它们还要在枝桠上挂满坚果
——那晃来晃去的疼痛

无数次撞击着我的喉咙
却不被喊出

## 一群白鹅

黎　凛

一群白鹅
一个兄长，三个妹妹
或者一个丈夫，三个妻子
仪仗队一样
嘎嘎叫着经过我

一个路人好奇地停下脚步
仔细盯着他们看
他们就半展翅膀
仰着长颈，像一队排成锥形的攻击机
那种同仇敌忾的气势
让我肃然起敬

作为邻居，我是看着他们长大的
当初，他们毛茸茸的样子
蹒跚学步的样子
多像你我的童年

现在，仿佛是为了反抗自己
任人宰割的命运
他们一齐引吭高歌
用自己那一团洁白的光
点亮小山村，一个鹅贩子到来后
慢慢收拢的黄昏

## 患感冒的上帝

吴昕孺

上帝很有可能
和我一样
高度近视

他在诗中迷路
信步来到
一扇门前

手持兵器的词
分立两边，请他
出示证件

他从口袋里，好不容易
掏出一张
刚擤过鼻涕的纸

进了那扇门，他发现
两只鼻孔都被
堵住，只有张开嘴出气的分

这是现代神学，对于
雾霾的
经典解释

## 2015年8月6日，或者街心花园

欧阳白

题记：我们习惯堕落且不太愿意承认，就像河流一直向东流。反而幻想有一天向西奔腾，就像太阳一直从东边出来，反而幻想以后要从西边升起。

这一天，一个乞丐
坐在街心花园
吃残损的面包
掉下的面包屑
被一只勤恳的蚂蚁捡到

一个高级酒店的房间
窗帘布从正中间被掀开一条缝
一双眼睛
把正午的太阳光
反射到水泥地上
砸出一个有些暧昧的坑

股市正在上演悲喜剧
良心和钞票都在市场的波涛上翻滚
电脑成了一切欲望的源头
我们都在排着队
准备进眼科医院、肿瘤医院

天已经开始变得床单一样蓝了
有些死亡意味的干净
云朵作为这个世界的最后值守者
穿着白大褂
在我们头顶上游来游去

## 这一年

唐益红

这一年的春天我流浪到此
此地寂静　光阴漫长
野蓖麻在微风缓缓中不安分地晃动
不得不承认　我和它有几分相似
都有试图搬动身体的妄想

我该怎样描述这里的陌生
近处的香樟轻抚天空的汁液
一条河流冲过了预留的堤坝
畏惧的田鼠爬过了灌溉的涵管
在快要接近陆地的时候突然消失

这一年，我把春天随手丢弃
一刃利器刺进了漫不经心的旧伤
暮色沿着山岭移动像某个男人的背影
仿佛一转身　就搅动了这哑默的命运

我在虚构的情节里哭泣
因为害怕　抓住了你陌生的脸

## 笑忘书

刘　羊

阳光正好，不远处
青山湖泊各自安坐
吞吐如兰的气息
风雨过后的窗口清澈如洗
足以把出窍的灵魂请进

世事变幻如云
经过之后，不留一丝痕迹
多日不见，就当山中采药归来
再也不必把悬崖挂在嘴边

以上均选自《中国风诗刊》总第十二期

# 《中国魂》诗选

主编：封期任
创刊时间：2013 年 4 月
出版周期：不定期
出版地点：贵州兴义
代表诗人：陈有仓、林雨田、梁永周等

## 鹳雀楼

梁永周

在夕阳下想到爱情，美是有了感叹的
若使用阳光的深来表达一座楼的底蕴，那时
是寂静的。鸟择良木而栖
是山远了又远，水近了又近
在瞩目的光打开的时候，一切都被收掠，然后发散
它是朝圣的，是一颗舍利的本性
是面对镜子的时候，我看到我的惊讶
是树上一片叶在水里游了几圈回到树上
是风声停了，它静默如谜
湖水这惊讶的面态久了，习以为常的冷静是有禅意的
它挺而立
在空中，在大地，在一湖水的照应里
水失了底线弯曲，它刚正不阿一个姿势
挺而立

## 爱

蒋静米

姑娘和君王是同一种东西
每一个逐臣都在年深日久的失恋中
变成酒鬼和社会不安定因素
你看，我爱的那个人生病了
她以为你爱她精心雕塑的
年轻、漂亮、枝繁叶茂
而你在爱她的贫穷
她的失败
她抽搐的小腿和布满脊梁的创口
要她的昏聩和盲目为你制定律法
那些调笑的年轻人啊
你走到草木摇落的河边
天真冷啊
所有的露水都变成霜
所有的你纷纷赴死

## 丹　砂

马迟迟

多年前你曾病过，现在你又病了
我的女人，曾走遍高山溪谷，采食丹砂以取长生
多年后，她已学会在我的体内种植丹砂
君有疾在腠理，不治将恐深
在相遇的那座桥上，我的女人轻纱隔面
站在黄昏的阴影下，化身占卜的术士
桥下波纹闪烁，她的谶语使我恐惧，又使我惊喜
丹砂：味甘，性寒，主身体五脏百病
她在一页宣纸上写下未完成的处方
然后绝尘而去，只留下落款的字迹，暧昧不明
这一度使我癫狂，我揣测其意，久不能寐
孰知，丹砂不可久服，久服有毒
这一生，我的女人注定是一个阴谋家
而我注定走入一个人的圈套
注定被她步步算计

## 在徐州

高短短

在徐州，我参观过那座汉朝的殡仪馆
大大小小的泥人陈列在玻璃柜里
接受来自各国人民的膜拜和觊觎
湖水阴冷的光泛上来，我们伪装自己就是智者

历史像毒蛇一样缠绕着我们

这些泥人，来自造物者的呕吐
也许年轻时他们去过东瀛，或者西域
看过女人的身体，喝过几斤醉死人的葡萄酒
但现在，他们的身体，人类学的附属品
按顺序排列，统统交付给了这座水上的牢笼

多少年都过去了，他们越来越小
这些历史的色彩和线条，越来越暗淡
最后，他们可能都将倾覆于湖水之中
历史就是这样，拥有足够的魔力和致幻剂
为了我们的无知，总得牺牲点什么

以上选自《中国魂》2016 年第 1 期

## 夜色，一群马匹踏碎

林雨田

今晚，关闭门窗
流淌的月光和树影，都拒之门外
一群扬鬃的马匹，踏碎我藏匿心底的青海湖
熟悉的蹄声，荡起心中尘埃

月光，听过我马头琴伴奏的歌声
皎洁窗外，我又铺开
遥远的青青草原，星星散落辽阔的天空
追风的月亮，像磨刀石一样弯曲
濯洗的流水声，融化奶茶的醇香

圆圆帐篷，一直罩着我的童心
我把遥远悄悄地藏在马鞍上，多少扬鞭的弧线
甩响天空，赶起我的瞳孔奔向朝阳

朦胧夜色，一群马匹挂着的露珠
湿透了窗外的腊梅花瓣，瞬间结成晶莹的冰霜
推开窗子，是我故乡的眼睛

## 小桥，流水或游动的鱼

赵　凯

我从桥上走过
水从桥下流过
鱼从水里游过
都一样的　穿过岁月
桥上走过的人　很多很多
谁知脚下的伤　与石头有关
和一群金鱼的经历有关

小桥被竹的倒影淹没
只有路过　或者坐下
才在冷冷的触摸里
发现桥的情感　通向的远方

桥　成了路途
水一次次从桥下流走
鱼游过去　又折了回来
就像春天　抑或春天的花朵

以上选自《中国魂》2016 年第 2 期

## 擦皮鞋的老人

封期任

降低、降低……
与地平线平行
听到你擦鞋的声音
深入到一座城市的地心

霓虹、车子、悠闲的脚步
勾勒出一道风景
却忘了一个佝偻的身影
可以入画——

你蹲在一隅
忙不迭的手
把伸来的脚
擦得锃亮

滴落的泪珠
让我失去生活的重心
我很想
关闭夜场的喧嚣

选自《中国魂》2016 年第 4 期

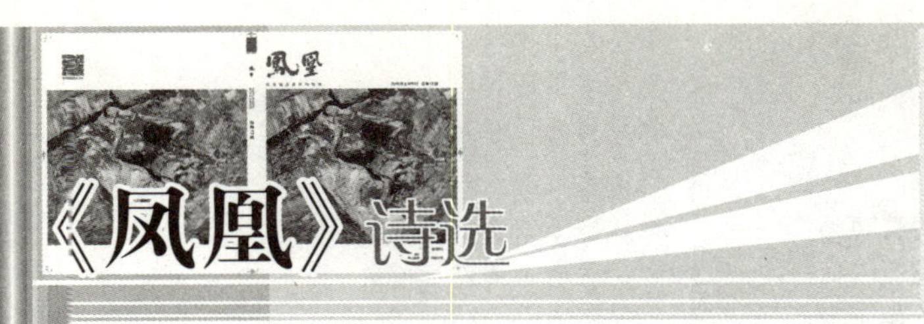


创办人：东篱
创刊时间：2003 年 3 月
出版周期：半年刊
出版地点：河北唐山
代表诗人：东篱、张非、唐小米、郑茂明等

## 警　惕

李　庄

狮子也有斑点鬣狗的恶习
抢夺别人的猎物，吃腐肉

警察和罪犯的眼神，动作
一样警觉，机敏

一生的对手
必有彼此身上的气味

黑色的污泥与洁白的荷花
是一种什么关系呢

尼采说：凝视深渊太久
会变成深渊

一面镜子自杀
死因不明

## 栀子花的栅栏〔外一首〕

阿　毛

当我还是孩子时
看着

栀子花的栅栏
各色猫翻过来翻过去

我在院子里跑来跑去
从不停息

现在我累了
靠着栀子花的栅栏睡着了

阳光和花影罩着我
像襁褓罩着小公主

猫眯着眼看我
风过来吻我

我一翻身就把
院子、栅栏、阳光、花影抖老了

## 孤独症

歌曲哼完了，
频道搜遍了，
书页翻卷了，
床榻睡晕了，
衣衫倦怠，
头发一团糟……
嗨，很久没写惊人的句子。
你发来短信，
我在阳台上剪去多余的花枝，
向外抛。

## 扁桃体〔外一首〕

宋晓杰

我噤声——发炎不是发言的近亲
它们背道而驰，相互较劲
仇人见面，分外眼红

我准备甘草、桔梗、梨、冰糖蜂蜜水
浇那些无名之火、虚妄之火，也不管用
——它分明是多出来的肇事者
不叨扰的时候，就是乌有
之于庞大的机组，它不过是个零配件
可有可无，却如名不副实的婚姻
总在关键时刻，准确地刺痛

我把该说不该说的话，和着唾液
轻轻咽下，是否还有打碎的牙
……和衣而卧，完整如肥沃的土壤
在草木灰中，养那些旺盛的菌
溃疡里的新鲜血肉

——如生生不息的野莽
草草活命……

## 骨灰戒指

这时候，肉身无用，就随云雨蒸发去吧
连同人间的浮尘、虚火与种种烦忧
我跟随你秘密潜行于山水之间
无非是你增生的骨节
长途跋涉中，额外多出的隐痛……

昨夜的梦中，无悲无喜地，我死了一回
轻如骨灰——即使浓缩，也无足轻重

人群四散，你下意识地低着头
小心转动着指间的戒指
亮出我的底牌……
——亲爱的，原谅我先睡了
漫漫长夜，你尽可以一寸一寸地疼

## 货币〔外一首〕

刘　畅

身体互换之后
该留下的已留下
至于货币本身
我手里拿的不是我的
你手里拿的也不是你的

说到此
身体真的很空
可没有了身体
灵魂又在哪里呢
直到你不再来看我
互换彻底完成
你带走我隐秘的水印
我告别你坏脾气的齿轮

## 照镜子的女儿

女儿脱下童装，套上我
淡粉色的睡衣
她在镜子前模拟我
而我怀着复杂的心情，接纳一个
来到我梦里的梦，只是
我穿不上她的衣服，无法
到她的梦里去
刚才她哭过，现在
带着没擦干的泪迹，沾沾自喜
不在意
幼小身体和宽大的衣服间
留下的大量空隙

# 陌生男人

张晚禾

hello，你好
我姓张，你呢
我牙齿不白，你呢
我长相平淡，你呢
我不吃饼干，你呢
我不喝咖啡，你呢
我每天八点半起床，你呢
我每天要烧一壶开水，你呢
我每天坐地铁上班，你呢
我的女老板长得很美丽，你呢
我的女同学长得很美丽，你呢
我家水龙头咕噜咕噜的声音很好听，你呢
我身高一米六二
体重四十五公斤
你呢
我身材瘪平
乳房也不坚挺
你呢
我已经提好我的身体
等着把它往一个男人的床上扔去
你呢
我也爱女人，你呢
我有一个五颜六色的早晨
和一个五颜六色的黄昏
你呢
我还有一个情人
他说，他年事已高
他说，我结婚了还是他的女人
他说，十年以后他还爱我
我们秘密地交往了很久
还将秘密地交往更久
你呢
我还有一个年近古稀的父亲
他在儿时侵犯我
和一个同好几个男人睡过觉的母亲
我一生都不会拆穿她
你呢
我还有几行多余的泪水
几斤不那么起眼的孤独
你呢

亲爱的人，为什么你还不来看我
为什么，你不会小心翼翼地爱上我

# 男人们战斗去了

灯　灯

男人们都战斗去了
男人们在黎明前
望一望家门
看一眼柳树
男人们战斗去了
把战利品交给女人
把枪声留给女人
把窗口留给女人
把孩子留给课本
男人们带着自己赏给自己的耳光
骑着马
战斗去了
把远方交给远方
把身体交给酒桌
把真话压在杯底
把亲人藏在心里
男人们战斗在老去的前线
男人们醉在午夜的电话线
男人们
勋章闪耀
和汗水一样
和泪水一样
和星辰一样
孤寂的闪耀
我爱的男人们
我依然爱着的男人们
我等你们凯旋归来
我等你们败下阵来
我等有一天
摸着你们花白的头发
终于说：
多好啊，你看
我们都还在……

# 告　诫 〔外一首〕

空格键

这里只长草，不长树。
这里最大的动物是一种四脚蛇，他们叫它
观音蛇。这里很安静，坐久了，
能听见蚂蚁走路的声音。

但没有人知道蚂蚁究竟去了哪里。
风向一边猛吹，我看到草
伏在地上，很久很久
才直起腰。但没有一棵跳起来。

这里太狭窄，远不是一个国家。
这里只长草，确切地说，是茅，一种
长得很高、割手的草。这种草，
能把夕阳藏一个晚上不被人找到。

我终于知道蚂蚁去哪里了。
我忍不住嘲笑那些萤火虫，还有
流星。我静静地坐在草上面，露水
清凉又体贴，像是亲人的告诫。

## 傍晚，我希望遇见这样一个人

女性。美丽的。——晚风中
女人都是美丽的。我还希望她手里拿着的伞，
正在滴水；尽管雨
早已经停了。我希望她裙子上有着
几十个泥点，颜色暗淡而声势猛烈，像旌旗布满弹孔。
她面向我走来，不紧不慢，高跟鞋有着
白日梦的节奏……我大胆地
观察她——我们互不相识，正好庄严地
错过。卷发多么好，暮色多么好，
听着她的脚步声在我身后渐渐消失，我知道
就算我站着不动，就算我死在这里，其实，我也已经走得很远了。

以上均选自《凤凰》2016年上半年刊

# 《六十七度》诗选

主编：宋峻梁
创刊时间：2006 年
出版周期：半年刊
出版地点：河北衡水
代表诗人：林荣、火柴、吉葡乐、可风、吕乃华、宋峻梁、张秉庄、高洪斌、谢久明等

## 我决定……

鹿千雪

我决定扔掉锤子
我早已找不到钥匙
我敲打过的墙壁传出威严而沉闷的回声
每一块砖上都浮动着醉醺醺的鬼脸

我缩进借来的壳里
为适应孤独的生活我摘除了过多的手和脚
我擦玻璃，喝白开水，捏死小石榴花上的蚜虫
——对不起，尽管我将对世界的伤害降到最低

我在原地兜着圈子
我越来越深地陷入泥土
我的心脏之光微弱但持久
我每天对着镜子练习说我爱你

你可以说我绝望
你可以说我顽强

## 碎　片

青山雪儿

我不认为，它是最薄的
那一块瓦片
我们似曾相识，却
从未在黑暗中相互对峙
它只能是语言
被我摔碎于
同一块石板上

## 我慢慢淡定下来

魂　魂

读书，梦呓
缓步穿过闹市
看见新叶生了，秋叶落了
对于波折和忧伤，我慢慢淡定下来
有时风来，我依然会摆动，
但我知道，已经没有人可以挖走我的根
我学会了爱一个人，缓慢地结一枚果子
我学会了恨一个人，一点点把她融化

## 攀到高处听月亮

林　荣

霓虹闪烁，不断有各种车辆驶过
街边散落着三三两两电影散场的人们
有时，她是他们其中的一个
身上裹着淡淡的月光
她从橱窗的玻璃观照浅表的自己
月亮在那一瞬会丢了踪迹
她赶紧把月光找回来
她抱着月光回家，她把月光

化成一碗充饥的米

以上均选自《六十七度》2016 年上半年刊

主编：朱翔宇
创刊时间：2014 年
出版周期：不定期
出版地点：河北
代表诗人：朱翔宇、王水莲、蚂蚁、屈磊、王欢、又欠、罗会贤、尚远刚、傅于桐等

## 稻草人

尚远刚

站立久了，头脑也变得麻木
田野辽阔，上面，没有我的悲伤
人的称谓无异于另一顶
过于宽大的帽子，只能习以为常

这小小的虚荣，与一捆稻草
爬到高处，散发金色光芒
可以温暖九月的蛙声，也曾
将不可一世的命运，压弯

晾晒之后，往事仍然
历历在目，记忆过于青葱
而鸟雀饥饿的表情，似乎
更应值得悲悯

春光无限，又是绿杨芳草长亭
时光的粮仓漏了，谁是
守财奴的奴隶？日日夜夜
看护着吝啬的谷粒

## 手和脚

朱翔宇

想来，那是好几年前
在银川，在一家小面馆
我，和爸爸一起吃饭
那饭店环境脏乱差
我们由此谈到小作坊
爸爸说，他在一粉丝厂
见过工人光着脚踩淀粉
我听了多少有些惊讶
没承想做粉丝不一定用手
于是感慨：那多脏啊
爸爸淡笑着补充道：
人的脚，比手要干净

以上选自《未来诗刊》第 2 期

## 谜

王　欢

一天
火车开走了
暮色里
小站上　还落下
一个人

我不知道
他是刚回来
还是　要离开

一只流浪狗
看着他
红了眼睛

选自《未来诗刊》第 1 期

主编：江南客
创刊时间：2016年元月
出版周期：年刊
出版地点：湖北老河口
代表诗人：邴碧辉、瘦男、陌峪、李默、残红褪尽、汪建国、范超等

## 乌鸦辞

米　谱

天空中扑啦啦盘旋着一只只乌鸦
它们没有喉咙，便用翅膀聒噪
拼了老命地
维护自己的逻辑

## 火

陌　峪

她期待燃烧
她梦见灯火通明的都市
夜晚的高塔
来回的繁忙车辆

她是被这个城市遗忘的人
手中的画作还未完成
脱落的炭粉
女孩脸上的。透明的胭脂
她曾竭力在书籍中寻找的
不会再出现的人
而这一页被她自己烧毁
从此不见

## 下弦月

残红褪尽

我刚一低头，你就瘦了
很多个夜晚
我用尽温柔，来抵消凉薄

满地的白霜，从尘埃
一直爬到鬓角，爬上生命的顶端
我握住仅存的诗意，试图向命运
换取少许的温暖

让我能够推开虚妄
咽下贫瘠，咽下悲欢
咽下人间所有的疾苦，从指尖开出
灵动的花朵

参透生死，芳香流转
渡往我青春的海面，掀起一场潮汐
捕捉，无数的渔火
和大片的湛蓝

并将它们揉进天空
每当有人，拨动重逢的琴弦
我在举头的瞬间，就能拼起
无尽的圆满

## 因　果

江南客

丝瓜藤攀爬着寂寞
借助时光的拐杖
它举起的旗帜，充满诱惑
像女人珍藏的丝巾

我的幸福是绿吐出的黄色花瓣
它张扬，一如
幼儿园小朋友的心态，清纯、天真
喜欢把脸和肌肤交给天空

而当一种力量开始膨胀
它必须收起，自尊。像成熟的少女
学会害羞，和隐藏

秋风中摇晃的老丝瓜，是一个人的孤独
是另一个人的空虚

以上均选自《未然》2016年创刊号



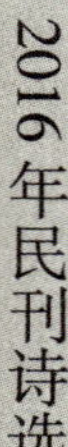

创办人：周鸿杰
创刊时间：2015 年 12 月
出版周期：年刊
出版地点：云南昆明
代表诗人：周鸿杰、马明、张口、李春筱、世中人、阿笑等


## 与阿笑书〔外一首〕

阿　笑

我欠你一场酩酊大醉，呔喝般
一次决堤
明火
獠牙
往胸口刺长河，刺嘶吼
刺愤怒的狼首
和信马由缰的狂奔
作为一，我欠你一个向零的箭矢
欠最后的坍塌，说有就有
一声霹雳

## 乙未年清明闻雷

今日只有还乡人、未亡人，
山野，乡间，谁都是春天的在场者
有一刻又都成为了人世间谁的遗物
今日只有身后事，未了事，
柳枝又抽新绿，河水重新漫过堤岸
飞鸟舌间再一次绽出惊蛰般鸣叫
一年，一生，这一天与别一天
都有死生的差别
如大雨倾盆，有天雷滚滚
阡陌中，虚空里，这一头
与那一头
一样都是越界的人，一样都有
春风里战栗的灵魂

## 大雨之后〔外一首〕

张　口

大雨之后，第一眼就想看到你
惟有你让皱纹美丽

大雨之后，高潮结束
万物疲惫

在我湿漉漉的衬衫里
鸟鸣乱作一团

大雨之后，你看见的浑浊的河
一定来自我的心脏

大雨之后，你把我的衣物都烧了
还想烧掉房间里的空气

烧掉雨中
我们做爱的晚上

大雨之后，亲爱的，请你擦掉玻璃上的我
窗外，万物有了新的记忆

## 暮　冬

这片起起伏伏而迷人的胸脯
一望无际的田园无人看管

山上钟声不断飞起

稻草人把自己吓得草骨悚然

一群小鸟从一棵树的秃顶
到另一个秃顶，不断叫唤

河的身体有了裂缝，好像有几滴雨
从头上落下，我的脸就消失在寒风中

# 神秘园〔外一首〕

周鸿杰

在我的身体内部，生长着
一株开满神秘花朵的植物
它似乎从不结果，连秋天
也当成冬天过。我也时常
掏出满肚子的鲜花，以此
修正失实的节气，风向标
落日，和屋顶鸽子的站姿
人们在错乱不堪的时空中
藏着良心过活，从草堆里
露出眼睛：月亮无悲无喜
圆圆，缺缺，隐隐，现现
云彩被玻璃碴子割伤身体
道路在天底下被温故知新
而虚无就像这场暮晚的风
轻轻卷起游在河面上的水

## 黑夜

黑夜就在你面前
嚣张地站着，还抽着烟卷
怎么打败它？
你一刀砍下去，那黑更黑了
像调和过的黑色泥浆
你点燃火把
反而让黑有了黑的意义
你闭上眼，黑便统治一切
就算你自焚，火光
也会沦为你抵达黑的交通工具
黑色的骨灰，你是甩不掉了

# 山民

张翔武

在几个野生菌摊子的前面，
我站住，瞅两眼，甚至几分钟。
一个小贩坐在三四只篮子后边，
手里捧着《圣经》，那纸张因为潮湿已经起皱。
我看看篮子里的绣球菌、奶浆菌、鸡油菌，
又看看这个在微雨中读经的人。
几十年以后，我再也没有见过他
像独脚精灵在雨季出没，
那么显眼，又突然消失。
他一个人走上迷蒙的山路，
背上一篓菌子，包里装着那本书，
有人一直在看，可是站得很远。

# 夏至

记得

大雨淋湿了空气
掉下的冰雹是一座座坟，冻住了游魂
我承认，这个世界有些人满为患
鸟雀落在肩头饮着自己的歌声
枯木生花了，人们在马背上走来走去
那结实的肌肉变成沃土
落叶不必任由风摆弄，一喊停
星河里的雨，就成为最隐秘的事情
途经医院，学校，菜市场
我突然不想热爱生命
不想让这个夏天再次悄悄怀孕
她生出最可爱的诗句时
天，就凉了

以上均选自《扑克·2017诗年选》（2016年11月出版）

创办人：田建成
创刊时间：2014年
出版周期：半年刊
出版地点：江苏淮安
代表诗人：长河饮马、阿麦、沐心、聂晓、仪惑等

# 《东方诗刊》诗选

## 人间，这更低的骨肉

青 汐

从木质的山林、旷野捞出的文字
湿漉漉的，星辉湿漉漉的

天空这个巨大的筛子
冷，从四面八方纷纷滚落
云雀低垂着头颅，无一幸免
风暴提着翅膀
带不走一块零下的冰
扭曲的城市从瓦砾中抽出骨架

我坐在丰腴的废墟
像一片十二月的叶子，贴在穹顶下
人间，“我的岸很低
死亡只要上涨两厘米，我就会被淹没”

## 河流向北

洛水三千

我说的是那些淹没于洪水的孩子
他们在一万年的倾盆大雨中安睡
那些辈分混乱的人
在碎石与黏土间日夜繁殖
冰冷的美人
我们聊着生死
说着那些好听的名字
我们心存善念

一千个太阳照耀
一千个月亮沐浴
一条河沿着大风和芦苇的走向摇摆
烟尘里，马匹驮着粪土
也驮着低垂的云朵
夜幕关闭
大地托起百兽的脊梁
和我人子的模样
晦涩诗篇
经文般密集的人群各自庄严

挥动鞭子的女人驱赶着困顿的羊群
她们要赶在大雪之前回到草场
而我还需要继续走下去
反弹琵琶的女子
怀抱千年孤独
爱了，就不相往来
而寒冷的天空丝弦断裂的声音
像春天的气息
至死也难安宁

生育的母亲、饥饿的孩子
太阳的皮肤、黑夜的手
纠结的飞鱼、蜕变的子宫和守墓的寡妇
这些浑圆的声音相继告别
一扇门收留你战栗的名字
众生缺席
永不重复的往昔混迹人群
只此一回
就像地下的人永无来世

“流水使白银腐烂”
也使风中的孩子越长越大
衰老的国度里
一些人鼓腹而歌
一些人长出善良的眼睛
更多的人擦肩而过
流水
带走了他们的影子

以上均选自《东方诗刊》总第6期

创办人：周瑟瑟、朱鹰等
创刊时间：2005 年
出版周期：不定期
出版地点：北京
代表诗人：周瑟瑟、朱鹰、李成恩、黄明祥、林忠成、孙家勋、吴晓等

## 细雨中的孤儿〔外一首〕

周瑟瑟

群山埋伏土匪，细雨淋湿了
孤儿。风吹十月最后一天。

我的孤儿裹紧红色塑料雨衣，
他拥抱的是一个虚无的父亲。
想起父亲的遗墨：诗硬骨。
在湘西，我窃听到一个父亲的
尖叫，墨汁淋湿了孤儿。

当孤儿嘴里吐出："匕首"与"敌人"，
我今年所有的爱都是土匪的爱……

## 老禅师

生死炽燃，苦恼无量
炉火挣扎，我是那个抱木柴
从风雪里撞入禅堂的人

老禅师的心都动了
年轻人，你为什么抱木柴送我？
目光如淡黄的油灯
老禅师好像就要寂灭
灯火跳动，年轻人不要哭
愿代众生，受无量苦

我点燃木柴
坐在潮湿的地上
我听见黑暗的山中传来圆寂的声音
淡黄的火舌舔食我点滴热泪
师傅师傅，我追着火苗呼叫

那个像我父亲的老人
他留给我一木箱诗书手迹
他留给我一木箱火苗

我在禅的火苗里出入
我看见恶业与多余的爱恨
一点点熄灭
而我人生的快乐
从智慧里溢了出来
我周身的木柴越堆越高
直堆到我寂灭的那一天

## 滕子京〔外二首〕

李成恩

滕子京，滕子京
洞庭湖水激起白色的浪花。

我向岳阳郊外走，
我遇到的人，他们说湘北方言，
挑竹箕，双脚在湖水上飞。
我叫：滕子京，滕子京

请你停下来，停下来抽烟喝茶
朝代已经远去，岳阳秋阳正暖。

## 白 鹭

它们从宋代往南湖宾馆这边飞，
一路上丢下鸣叫、粪便与带血的羽毛。

戴棕色斗笠的杜甫遇见赤脚的屈原。
屈原的灵魂站在水里，杜甫弯腰致礼。

白色的衣袍，瘦削的脸，屈原个子不高。
我所见的杜甫是那只疲倦的白鹭。

## 芦 苇

根茎在悄悄腐烂，叶片疯狂生长的
气味，在岳阳近郊我确信闻到了。

别人匆匆行走，我的鼻息被岳阳抓住
——你用劲吸一根芦苇，甜丝丝的风
凉爽，洞庭湖在一条鱼的腥气里翻身。

这里的人个个像芦苇，腰杆弹性十足。
这里的人穿雨靴，打阳伞，连飞过洞庭湖的
麻雀都头顶一片白色羽毛，扮演滕子京。

# 骗子在枝头成熟了

林忠成

一个失意者被绑在远去的列车
一群骗子在枝头晃荡
秋天未到它们就成熟了
不能让幼儿独自穿越森林

有人半夜三更爬起来写信
一列巡逻兵远去　天亮时
成群坦克开到各家窗前
在看不见的地方长满了手

那些手控制了人们的命运
会半夜敲你的门

石块蕴含着人的性格
当天空穿起云朵
你穿起肉体凡胎出门
斯大林办公室的灯忘记关了

积雪堆在窗台
让坦克裹足不前
一场战争让失去心上人的女人更加脆弱

# 返 乡

黄明祥

我赶考，进城，装进一台机器
在轰鸣里，听时钟滴答

街道与土地，亲情淡薄
收割机是一阵风

我曾游历四方，看见伊瓜苏瀑布
仿佛每秒都在倾其所有

撒哈拉沙漠里不剩一个足迹
森林快速收回脚步

靠岸的船舶，停泊在海港的动荡里
沉舟酥软，不堪提起

去过尼罗河、亚马逊河、长江
那里的母亲浊泪当空

珠穆朗玛峰的大冰块
太阳烤了很久，寒气依然未散

我与很多人打过照面
他们在方言里来了，走了

我的见闻，与你毫无二致
很多事物诱惑不了你

你比我幸运，爹娘遗产如山
你家的钢铁厂，广开分号

打造的枪炮，足够用上一世
可是，你家的地基滑坡

墙壁裂成闪电，屋顶像个筛子
杂草长到门口了，不要骗我

你在颤抖，不要怕，我已忘记动粗
现在满脑的善，是你还没放手

石头，儿时的玩伴，打小痴呆
像被浪子洗劫了灵魂

有人取走玻璃，暴露了你满腹刀剑
你不能张嘴，一说就碎

## 远　方〔外一首〕

左　岸

这里的河流又细又长
像阿妈手中的羊毛线，曲曲折折
没有尽头
这里没有外来物种，胡杨树
分不出哪棵是父亲哪棵是儿女
这里的山一半是积雪一半是草树
太阳自生自灭

辽阔都集中在胡雁的背上
篝火把牛粪上升到新高度
预示一切无始无终

心不在这里就在那里
爱情与诗歌，将高原变得简单而神秘
听见果实的坠落
闭上眼睛也会辨别出它的方向

## 一双鞋

那时我们的胡茬很硬
脸上的棱角没有回到岩石的意思
忧郁尚未长大
而四月，与我们一样喜欢新鲜
喜欢东风吹乱我们的头发
田野悄悄有了变化
似绿非绿的东西，就在我们不远处
好奇的我们很快去追赶
可是怎么也找不到
一双鞋子不知什么时候
被翻浆的泥土吃掉
后来我们一人捡回一只
凑出一双来
于是它又有了新生
对它的传奇我们没有想得太多
直到今天发现其中一只
不辞而别
我的追悔，并没有因为乌云的低垂
而接近天堂
只有西风里的眼泪不分左右

以上均选自《卡丘》第 4 期至第 7 期

# 《北湖诗刊》诗选

创办人：李山松
创刊时间：2004年11月
出版周期：半年刊
出版地点：河南商丘
代表诗人：李山松、乌有其仁格、翩然落梅、徐泽昌、王蕾等

## 夜 行〔外一首〕

崔宝珠

黑夜还在向上涨
漫过了踝骨
小腿。她小心翼翼地
走着，来不及弄掉裙子上的蒺刺
坟头也在向上长，天黑尽后
一座城堡将形成。油菜田
变成森林，香气黏稠
你几乎不能再放进任何东西
包括，欲望和尖叫
她突然强烈感受到自己的小
黑夜无边无际的肉体中
一根尖尖的刺
一不小心会跌倒在某个
死去的人身上。有个鬼在辨认她
试图从她身上取出诗
他真的诵读起来——
这声音至今还保存着
它自己的记忆
在我逐渐老去的皮肤上
这些年，我也和你们一样
摸索着，穿过苍茫的人世
我用什么来解救她呢？
很多个梦里，我们从夜的两头
焦灼地寻找，呼唤着同一个名字
至今也没有相遇。

## 肉汤之美德

正在乱炖的一锅肉汤
是否可以比喻成生活——
假如我现在
无事，袖着手等着吃掉它
那就不妨
和那只烟气中的羊招呼一下——
忍耐是种美德，足以
配得上枸杞、山药，以及土豆、
葱花和芫荽
一只羊的本分就该是
在忍耐中升华，在缓慢的
热锅上沉默地打转，和那些
毫不相干的调味剂由排斥到亲密
直到你中有我，我中有你
“你就和我一起
等待吧。”我伸手握握
它虚无的羊角。（它已经
把头垂下，闭上眼睛）
等时间把酸甜苦辣
糅为一体，发出悦人的
成熟的香气
当红泥小炉恋爱，杯子洗净
雪花正无忧地落在
邻家的屋顶。
我们就坐下来请舌头发言
它是审判者
我们的心，都没有说话的权利
当它说，这真美！莫非我们该为
曾经的挣扎呼号而羞愧？

## 在凤山下〔外一首〕

王 蕾

候青江流到脚下时，开阔迟缓
在汇入姚江之前
以便让凤山将孤单映入江心，像承载着
一页史书……

晨曦中，凤山深黛
有确切的立方
山与水交融，产生蓝
很难说，没有被驶过来的一条运沙船划伤
如果，江水还没有愈合
我承认自己就是那个
在天空的镜子，跟随凤山
茫然失措的倒影

运沙船，实际上欠我一首诗的完美

### 独 拳

他的左手端起酒杯，可以听见
一桩过失
在喉咙间流淌的声音，嘴角溢出的
被他的右手，轻轻揩去

再满上，两眼些许的迷茫
这一次败的，却是
他的右手
可以听见又一桩过失，在喉咙间
流淌的声音，有着更深的含义
换了他的左手
对嘴角，献上殷勤
酒杯经历语言和他的左手、右手，同构为一体

找不到杀机，就以他的左手
挑战，他的右手
一个他以再三图谋，反抗另一个他
与他对决，一个他枯萎下来
另一个他得意地占据了
他的形体。但同样的支离破碎
被孤独地放置在世界上，陪伴他的狼藉

## 黄 昏〔外一首〕

秋若尘

我说起黄昏，它有意料之中的美
我想到黄昏中的烟囱，花喜鹊，卷尾巴的土狗和
　茑萝
我想到乡下的荷塘
在黄昏中寂寂开花的样子

我也想到过你
昏黄的光线从你的正面绕到反面，金色的光泽
像一面镜子
它照耀过你隐晦的一面
也照耀过尘世的欢喜

我喜欢黄昏中虚无的事物
它们使我更接近于真相和甜蜜
我从不怀疑过去

黄昏中，一些有序的事物渐渐被打乱，诸事苍茫
它们有
意料之中的美

### 半边莲

他吃人的时候一定不知道骨头是白的
烟囱冒黑烟
夕阳落山时，会带来短暂的黑

至于隐藏起来的，已无从考证
美，只在一瞬
毁灭也是一瞬

那冷
是他赋予的人间的冷

那深渊，是他赐给众神的深渊

## 西北游之黑水城〔外一首〕

今 今

被掩埋的是什么——
房屋，断瓦
女人的首饰，男人的武器
婴孩的摇篮……

如今
残垣上不断滚落的沙子
是惟一的活物
纷纷而至的游客
都是其中的一粒
在风的捆绑与驱赶下
一步一趔趄

### 怪树林

耳朵被巨大的静默震聋
死去的胡杨肢体扭曲
打着哑语
告诉我风来过
烈日来过
黄沙来过
天很蓝
蓝得容不下一点哭泣的声音

## 隔壁有鸣琴

乌有其仁格

琴声越境而入。从谁的耳朵里挖出一两个聋子
来与我对质
仿佛我就是那个被丢失多年的亲戚
仿佛我一开口，就会有一些旧事的鸡零狗碎交还
　与他们
我的身体上就要长出无数个口袋，盛满冤魂
叫来他们空洞的棺材
哦！那个非常的年代，就像一张失效的膏药
被谁的大手扔掉
假如我陷入回忆，我必将死去
假如我拔身而出，我必将受伤
琴声，是的，琴声的帝国将终有所用
我们都是俘虏，被胁迫，被驱赶
被推攘着回到秋风的怀抱
在风中醒来，发愣，哭泣，习惯于风中的奔跑与
　鸣叫

以上均选自《北湖诗刊》2016 年上半年刊

主编：李永才、金指尖等
创刊时间：2015 年 3 月
出版周期：季刊
出版地点：四川成都
代表诗人：亚男、周剑波、陈小平、郭毅、李斌等

## 夜深时

李少君

肥大的叶子落在地上，触目惊心
洁白的玉兰花落在地上，耀眼炫目
这些夜晚遗失的物件
每个人走过，都熟视无睹

这是谁遗失的珍藏？
这些自然的珍稀之物，就这样遗失在路上
竟然无人认领，清风明月不来认领
大地天空也不来认领

选自《四川诗歌》2015 年第 3 期

## 旧教堂〔外一首〕

李永才

我知道，你最偏爱
秋天的黄沙，吹过衣衫凌乱的教堂
细雨敲打陈旧的柴门
老眼昏花的牧师
闭目念叨，越来越空的台阶
牧师说，石头是静止的
阳光也可以停顿
而生命在途中停留，就消失了

## 沙　发

是谁把那些纸张
从一群羊身上　完整地剥离
在阳光下，驱散其骚味
古典的工匠　表情冷峻
有一只手指　像迟钝的枝丫
把疼痛的纸张
拼叠成帝王的椅子

一介草民，鼓起勇气
坐了上去。今天，我是帝王
神情如阴暗的怪兽　虎视眈眈
让一只羚羊　满脸沮丧
躲在客厅一角　不敢吱声
这一事件的现场
不过是一个临时的符号

有如一场大雪　落在草地
羊群一边走动　一边叫卖
自己的肌肤
我把这件虚幻的外衣
穿在羊群的身上
突然发现，它们中有一只
数着满纸的悲伤
放慢了行走的脚步

## 胶囊之身〔外一首〕

翟永明

我活着　把自我装进微小包装
看多少材料打造出我这颗
难以下咽的胶囊之身
慢慢地我装进破碎的接吻
装进另一个人，装进他的研磨
装进不思量、自难忘
慢慢地我吞下，就着一杯苏打水
慢慢地我掰开一粒果核
掰开两树梨花三生斜阳
我与前世今生都有过交待
此身已装进太多的秋风
不放浪、也只能握紧这一束苦形骸
天地大到无际
也只是胶囊的公寓
慢慢地就着一杯温吞水
慢慢地滚进一片茫然的肉体
万物皆为脏腑，我又岂能
不只是一粒渣滓，此身
混沌多淬炼　即便慢慢积攒出
一个狡黠笑容
终将胶囊式地溶化、消失
即便能令天地七窍生烟
终将化为一片散沙坠地
看看吧：无数胶囊排空而来
又蜕皮而去……

## 迷途的女人

你是
一个迷途的女人
生来就如此生来就
合体相称无依无靠
厌倦了生活你是
一个迷途的女人于你无损
人们一动不动而你
四处飘零
做你想做的事
在夜里梦游
发出一种受苦的声音你是
一个迷途的女人
豆蔻年华男人们为此覆没
而你总不相信
一些谎言将使你痛哭
哭得足够伤心
迷人的冬天你婚姻失败

像个完成者去找老朋友
或者大同小异你是
一个迷途的女人
于你无损

以上选自《四川诗歌》2016 年第 1 期

创办人：胡世远
创刊时间：2013 年 4 月
出版周期：双月刊
出版地点：辽宁沈阳
代表诗人：胡世远、刘川、李一泰、孟黎等




## 大　风〔外一首〕

南南千雪

大风吹过高冈
吹过草甸
吹过马的鬃毛

把一只蝴蝶的飞翔吹得摇摇晃晃

大风继续吹
吹过佛塔、经卷
吹过拜谒、朝圣

吹过一块追赶雪的石头以及它的野性子

## 发　现

这一发现
让你陷入一段很长时间的沉默
铁篱切割草原之痛
和沙漠漏掉一湖水的疼痛是一样的
不确定还有些什么疼痛会来到异乡
来到远方
那也许不是一架飞机和一列火车能载得动的
有些发晕的头
强调着纬度之上的氧气
你需要的是离开
带着一颗开裂的心
以及它没有测量的裂度

## 父亲被一棵树约走〔外一首〕

西　征

一切都会过去
正如那天晚间，父亲被一棵树约走
而后零零星星，落下一场冬雨
那时候，我在厨房做鱼，一举一动
都是父亲的
遗物

## 父亲只是把自己隐藏起来

说到父亲，那天
他一定是提前看到了什么：一盏灯
一张脸，或者
一只纸鹤
他只身，一路尾随
然后渐渐恍惚，直到完全消失
那情形于我而言
父亲只是顽皮地，把自己隐藏起来

以上均选自《白天鹅》2016 年第 1 期

# 《西部诗歌》诗选

主编：亲勤、青元、白凡
创刊时间：2011年10月
出版周期：不定期
出版地点：四川成都
代表诗人：亚戈、陌上花、拉玛阿秋、赵进鹏、孔德遵等

## 路过玉店

苟红梅

和许多人一样
我也自然而然地
把她们比作姣好的女子

和街道上的一样
好多女子待价而沽

一些售出的
我不知道她们是否遂心
没有售出的
我不知道她们
是否守身如玉

## 宴　请

土　也

我在等候一些人
在不到八平米的小屋
摆一桌酒席
满桌子的菜肴
兴奋地跳起了舞蹈
就连高脚酒杯
也扭动腰肢
他们想在客人到来前
彩排一下心情

那些菜肴不停地
在客人面前跳着舞
一些垃圾
端坐在地板上
它们的影子
离开他们的肉体
朝相反的方向逃离
我坐在屋子一角
经常仰头看看
钉在墙上的时间

## 冬　夜

侯甫病

那个由我主演的故事
悲哀之后便锈迹斑斑
情人的脸
在冥思中
龟裂出皱纹

我点燃一支烟
面包和诗
置于枕边
两支懒洋洋的蜡烛照着
我愤愤地写诗

黑夜里无数双眼睛
刺探我虚掩的门
我捏住香烟的手
僵冷在黑夜
在失去爱的时候
重新理解爱
从捕捉一个女人到打倒一个女人
需要卑鄙

以上均选自《西部诗歌》第4期

创办人：孙立本
创刊时间：1999 年 8 月
出版周期：不定期
出版地点：甘肃岷县
代表诗人：孙立本、郑文艺、潘硕珍、景晓钟、高耀庭、包文平等

## 一棵枯死的树〔外一首〕

包文平

一棵树，怎样才能算走过完整的一生
当春天再次来临的时候，所有的树木都萌发春色
只有它——把干枯的指爪奋力地伸向天空
像是要努力地抓取什么
又像是摊开了宿命的手

它静静地站在那里，哦风——
曾经轻柔拂过它脸颊和发须的风啊，此刻
正吹落它干枯皲裂的树皮，让它的骨头暴露在外
——像一面锋利的刀刃

一棵枯死的树，当它把背影交给春天的时候
这个葱茏盛大的季节显得那么孤独
——那么清冷

### 凉州词

风吹凉州。这四凉古都的风中行走着
佛光与神明。风那么小心地吹——

新月高悬。天梯山那边的僧侣在深夜里诵经
木鱼声声檀香袅袅……多么地安静

谁家的篱笆院落敞开着，屋檐下堆满粮食
可以听到微微的鼾声啊。马灯斜挂在窗外
钟鼓楼上站着两个司晨的士兵
当我正要穿门而过的时候
过路的风顺手摇响了飞檐上的风铃

“黄河远上白云间，一片孤城万仞山……”
当我不禁说出这首诗的时候，仿佛已经
从一个朝代抵达了另一个朝代

仿佛我就是追奔逐北，封狼居胥的大汉将领
正抬起腾空飞驰的马蹄
等待一只呼啸的燕子飞过来——

## 忧伤的薄雪〔外一首〕

蒲永天

那么薄，刚好被人捕捉到
被一些事物轻轻地托着，生怕一呼吸
就会吹走，好像一生中少有的
轻微的忧伤

不断读到腊月乡下，顶着薄雪的双亲
从外面回到屋内，有着不易察觉的叹息

突然响起的鞭炮声里
有了年节将近的亲切
细细听辨，却又有唢呐吹奏的哀鸣

那远逝的陌生人，那一路的洁白
那一阵阵，轻轻的伤感

被大地默默地托着，没有哭泣……

## 洮水河畔

没有浪花与流珠，洮河泊在我的眼中
一串断断续续的泪，随时都会被风吹落

不分季节，放风筝的老人
沿着河水消逝的方向，追逐一尾遥远的游荡之鱼

裸露的卵石，静卧之鱼
几只野鸭，粗粝地鸣叫，来自于寂静的时刻

洮水河畔，人世突感荒凉，出逃的人
或瘦，或肥的河水，才是生活真切的样子

# 爱无垠〔外一首〕

孙立本

亲爱的，曈昽的曦霞中，鸟叫了
那飘荡在樱桃树枝头的嗓音，多么美
那些晶莹的露珠
将我爱你的心分成无数滴，一滴一滴
通过时间的手滋润你
仿佛开在我们血液中的花
刚刚撤退的夜晚，我们仰望头顶的星星
拥抱，亲吻，说些被风一再偷听的情话
月光里我们拥有各自的影子，多么好
我们是天生的一对，在前面引路
影子是地造的一双，在后面跟随
我们对彼此的爱，多了一倍
——爱无垠，在这变幻的人世
那么多情侣从金店出来，他们爱着
影子却没有走在一起

## 樱桃红了

亲爱的，如果我们的婚姻在一夜之间
重新回到爱的童年
如果我牵着你的手，突然变得让你矜持
和一点点熟悉里的陌生
一切都是可能的。譬如这一棵
苍老的樱桃树，我们和它相互见证
又保持着若即若离
有了光线和从容的节奏，它就会
又一次开花和结果。两只水瓶鸟
在彼此的血液里低语，鸣叫
眼睛里含着雨露，身体被阳光浸染
心也被浸染
它们的翅膀在樱桃树枝头，扇动人间的风
把八月的秋天分开，樱桃红了
噢亲爱的，樱桃红了
它们的红具有黑夜熄灭前
星辰的燃烧和穿透力

# 欲 望

王莹芝

我喜欢
一所旧屋子
一个旧书架

阳光在午睡后
爬满每一个慵懒的
毛孔，以及乳房

有一个情人
他躺在诗集上
你们相遇在1984

或者交媾
就像在解读一部
永无止境的学术著作

世界是不可知的
就像野菊花静静开放
就像阳光的碎片充满梦境

你不知道他来自哪个世纪
又是什么时候

进入了你的身体

## 冬日的乌鸦〔外一首〕

高耀庭

草木褪去荣耀，这些黑色的果子
还悬挂在村子上方的大树上
不时发出单调的鸣叫
被西风向远处吹送

一袭黑袍，绕过
人们宠幸的目光，也绕过
被豢养在笼中的宿命
羽毛间充盈的，除了风
就是辽阔的自由

有时，这些垂挂着的黑果
仿佛收到了神的旨意
忽然全部腾空而起，用飞翔
把翅膀和翅膀连接起来
增加了乡村黄昏的灰度
和冬天的冷瑟

它们，可能是上帝祭出的法器
有铁的颜色，也有
金属似的嗓音，——单调，却
无法调教。而一场大雪
会使这些另类的鸟群
把自己醒目地写在大地这张白纸上
像一滴滴奔跑的墨汁
发出锋利的鸣叫，让宁静
开始消融

## 河 流

她们聚集一起
用圆润的温柔，将锋利
紧紧包裹

她们渗透进泥土
将这些抱团的东西
分化，瓦解，心甘情愿地
融化在，水们柔软的怀中

她们也打了一场场攻坚战
把隐藏在泥土背后的石头找出
把它们棱角分明的个性
一一收缴，圆滑地
臣服于脚下

她们，也想将一棵悬崖边的酸刺树
拉下水，但它丑陋的容貌
怀揣利器，将眼前的温柔一一挑破
它不会从高处一跃而下
在河水款款的怀中
随波逐流，而是
在世俗的白眼中，孤独地
默默站起

以上均选自《轨道诗刊》2016年上下半年合卷

主编：张艳庭、麦莎、刘良伟等
创刊时间：2008 年 9 月
出版周期：不定期
出版地点：河南焦作
代表诗人：樵声、王客枫、王山林、王保成、马万里、琳子等

## 沉默的警钟

张艳庭

沉默又一次为我们敲响了警钟
这是时间走动的第二十五个钟头
镜子里出现了大海的模型
让室内的温度
也在眼泪上发生变化

冰又一次偷袭了
这个春天
就像火焰偷袭了黑夜里的瞳仁
就像梦
偷袭了我们身体发黑的部分

诗歌撕裂了我嘴唇上的语言
就像天空倒映着大海
一朵云倒映着天空中
洁白的羊群
而大海的伤势越来越重
波浪在大地上摔倒
然后骨折

又一阵风吹来
拂动了我身边的月色
就像一阵涟漪
让一个池塘被铭记
那些被梦描述的文字
一经我们的理性确认
就消失在纸上

## 埙

杜永利

开始我是一捧土，被先人挖出来
揉，捏，放进火里烧
取出时我是一枚陶罐，装满粮食，封住口
我是喝醉酒的哑巴
再开口我替耕作的男人倾泻
土地里失去的力气，从我这里讨回来
必定有倒不出的苦涩，每一晚
我目睹男人打女人，最后，他把我也摔碎
再一世我多了六张嘴
葬礼上有人吹着我，像极了一场恸哭

## 小　窗

杨光黎

我相信，一扇窗户就是屋子的所有词汇
一张口，就漏出全部秘密
那紧抱爱情的人
那密谋造反的人
那咬住词语的人
那独享黑夜的人
请
将那扇小窗关闭

一缕风，正悄悄搬运着
你们的记忆

# 纹　身

宋　词

飞速震动的针刺
将色彩
精美的图案
刺饰上肌肤

细小的血珠次第生长
纹身机嗡嗡地吟唱

疼开始放射
从躯体的某个区域
抵达内在的核

亦是一种刺绣
无非将丝　绢的面料
换作肌肤　而
美妙绝伦的线条　图案
更是一种无以言说的痛

惊艳的花　另类的图案
一个名字　或仅仅一个字母
烙印成为自我的图腾
你端坐在时尚　疼　宗教或某个故事面前
端坐成江南少女手中绣花的绷架
细数往事或梦境的针数

我亦端坐
端坐在柴米油盐　迷离世相中间
端坐成自我的魔与佛

虚拟的针刺落下
痛在哪里
内心和现实龌龊的情爱?
将诗歌写成了散文

我是从唐诗宋词里穿越而来的一介夫子
人说身体发肤受之父母
那就蘸着些词语
笔跳动着
我也能抵达某种痛楚的幸福?

# 奔　波

梁晓东

雨水下个不停
六双潮湿的鞋子横跨整个城市
曾在夜晚仰望家乡的星辰，呼吸云气
爬上高楼俯瞰万家灯火
烧烤浓烟里孜然辛辣，五块钱的啤酒就让人不可一世
夜晚吵闹，白日喧嚣，始终不肯宁静的城市
不肯向生活折腰

驻唱的小姑娘，背着吉他，游走四方
乞丐佝偻着脊背，摇动铁盒
我和他们从城市的一端走到另一端
谋一份生活

由农村到城市
由北方的农田到南方的农田
由一望无际的田野到摩肩接踵的人群
地铁从郊区到郊区，跨越核心的CBD
我们先是长途迁徙，然后是日夜奔波

麦子熟了，南方雨水丰盛
母亲在田间地头锅碗瓢盆之间劳作
父亲跨越三山五岭用斧头钉子稳固生活
漂泊不是青春的选择，是现实的逼迫

飞速发展的经济远远抛下贫瘠的农村
农村在封闭的世界里自我征伐
我被时代驱赶向前，不敢后退
身后是年轮的循环

**以上均选自《延伸》“焦作现代诗歌大展”专号**

主编：春霸
创刊时间：2006 年
出版周期：不定期
出版地点：山东济南
代表诗人：梁永周、紫藤晴儿、花坟、姜华等

## 火　车

鲜红蕊

凌晨两点
火车不厌其烦地在辙迹上描绘
萤火虫，挂在旷野上。一个个村子沉睡的脸
在梦中走得如此之深——
饮下一些黑暗，一些月光
载着一个个梦，火车经过隧道——
突然转暗，像一个人突然走进一个狭窄的房间
抑或，像那人沉在夜的诗句里
“亲着花冠，能猜到另一个世界。”

## 泡　沫

荼　蘼

阳光如此清澈
映在泡沫里
微风颤动
满池彩虹曼舞

上帝也禁不住多娇
诱惑中用双手
轻轻试探
指尖拥有的顷刻
泡沫碎了
阳光和笑靥散落了一地

以上选自《齐鲁诗歌》第 16 期

## 蝴蝶结

蝶小妖

童年的我
没有雪
蝴蝶落在羊角小辫上
阳光挂在窗棂上
院子里，蝴蝶花开着
我一朵一朵珍藏

柜子上
抽屉里、木质花瓶里
发梢上、衣衫上、手腕上
青春的睫毛上，藏有迷人的小秘密

蝴蝶结，多像女子的爱情
把一段风景，把日渐消失的童话
扎进岁月的锦缎
裹紧内心的疼

一个蝴蝶样的结，编啊编
翩翩捉不住

选自《齐鲁诗歌》第 18 期

## 与夏花对饮

春　霸

杏子初黄。空虚的竹子
肆意摇曳郁郁葱葱的青春。吐弄的舌
显摆窈窕身材

席地而坐，执一壶薄酒
我与满地夏花对饮。太阳和水分；生命和高度
无法和竹子媲美，浓烈的色彩以及执着
超越呼吸，和我衣领相似

一壶薄酒，满地夏花
红、黄、蓝、橙、绿、紫
约蜜蜂划酒令，邀蝴蝶小口呷品
淡薄酒意，拴住流淌的蓝天
不用涂色，比鲜艳春风更浓烈

选自《齐鲁诗歌》第 17 期

# 《并州诗汇》诗选

创办人：梁志宏
创刊时间：2011 年 5 月
出版周期：半年刊
出版地点：山西太原
代表诗人：梁志宏、蒋言礼、赵少琳等

## 游巩义杜甫陵园〔外一首〕

马新朝

巩义这地方
山不像山，平原不像平原
沟沟坎坎，村落平舍
起伏在杜甫的诗中，并产生韵脚
历史走到这里，不再轻浮
有着黑铁的重量
那个著名的剪影，黑铁的剪影
就站在守门人一阵猛烈的咳嗽声中
我不知道老杜甫，在我的身体里
放下了什么，一千多年后——
我站立的姿势，语言
以及声音，思想，都在向他倾斜
我，以及我周围的衰草，夕阳
可能是他尚未完成的残句
响器，离难，捉人的吏，血光，瘦马
秋风的河，被固定在汉语中
冷冷的小北风啊，来自他的诗篇
把我和游人们吹成了碑文
仍在行走，陵园内的松柏纵有一千种泪水
也都来自他那双浑浊的眼睛
我看到仍在燃烧的，是他的耿耿白骨
在他的陵墓内，千古不息

### 风 景

风景用老太的斑纹和旧岁月麻痹我。湖水里
藏着新人们的丝绸
社会用风景肯定
配电房背阴处的积雪呼应着风景中隐含的雨水
麦地反复地被推向高坡上明亮的二月

## 一块石头〔外一首〕

赵少琳

一块石头。
坝上的一块石头
人们翻遍了书本
从远远的地方把它找来

一块石头
醒目地　深埋着冶炼过的痕迹
当人们已纷纷地疲倦。
飞蛾结出了茧子

一块石头
一块石头的喊声谁都能够听见

### 八行：木头

木头是一段很深的句子
在施工的现场
一个木匠老练地说道。之后
就有许多孩子围上来
无疑　他们的眼睛里又多了些糖分
路上　一间房子亮了　又一间房子亮了

我想　这叙事的木头
肯定不是来自于城市和附近

## 蝴　蝶

郁　芳

春天，一只蝴蝶
落在一块蝴蝶化石上……

一只蝴蝶的前世
一只蝴蝶的今生
相遇了。亿万年前

你一定还是我
现在的样子，因为爱
一个人
可以成为蝴蝶，一只蝴蝶
也可以成为一块石头。

仿佛镜里镜外
仿佛梦里梦外。
——一只蝴蝶，还在
化石上翩然欲飞。

我依然在春天的光线中
想象着一只蝴蝶
为美面壁的样子——
一个人，只要爱过
只要美过，就会一直活着

像一个传说
像一块化石
像一个人和一只蝴蝶
造访了彼此的梦境。

## 一朵秋天里的野菊花

荫丽娟

或者，我更像一朵秋天里的野菊花
安于宿命，兀自开放。
脚下的泥土，暗藏着浩大的白霜
薄如凉水的情事，生活的芒刺，冷风。
就算这样
我还是要对一场虚张声势的雨水，致以敬意
对一次远离天空的飞翔，致以敬意。
比春花、夏花更为寂寞、寒凉的境遇
其实是人生极好的颂词。
在没有月亮没有星星甚至连幽暗都缺失的晚上
一朵秋天里的野菊花
用几瓣瘦弱的花叶呼吸，练习
万物渐枯时
活下去的勇气。

以上均选自《并州诗汇》2016 年第 1 期

创办人：冷雪松
创刊时间：2013 年 8 月
出版周期：不定期
出版地点：吉林辽源
代表诗人：冷雪松、吴耀辉、霜扣儿、颜梅玖等

## 记住一段流水

宋小铭

她的名字被反复写在一张白纸上
行草，隶书，小篆，大篆
每一个名字都像是一朵盛开的玫瑰
娇羞的，张扬的，矜持的，大方的
浓烈以火焰，淡雅如轻烟
他还在心底为她开垦了一块土地
修筑了一条河流
他将他们的故事根植在这里
借春风，邀明月，燃三千里烟火

掠进眼底的浮云
终是荒芜了那一年的花事
谁也不再记得，十八岁那年的月夜
少年心头的波澜，如何反复，重叠
把月亮画在宣纸上，揉进了水中

选自《关东诗人》2016 年春季刊

## 扎莫棵

大原飘风

镂空的石头，想法是球形的
面对肃杀的旷野，慢慢枯萎——
春风浩荡，对别人可能是高兴的事
但于你，于你孤独的初心，已经折断了
故土，一动不动的守候：
马上降临的迁移，与时间，与燃烧的野火

永远，像离家的第一次
棱角……因为轻，因为碎裂
我们——
为可能的方向
预付着灰烬

## 采药人

青花雨

在太阳出来之前，饮下
半山的露水
那些草本的姓氏，就在你的竹篓里
安家落户
一身的武艺，全在一双脚下
陡壁或者山崖，一只手抓住生
一只手抓住死
人生总可以绝处逢生
用一片叶子，捂住明明灭灭的晨昏
以及三缄其口的患处

寒热温凉、酸苦甘辛咸
将一碗五味杂陈的汁液
揉进细雨、揉进彩虹
揉进母亲的炊烟

落款简单且潦草
一个人——
在一株草药里认祖归宗

以上选自《关东诗人》2016 年夏季刊

# 《军山湖》诗选

创办人：雷茂辉
创刊时间：2011 年 4 月
出版周期：季刊
出版地点：江西进贤
代表诗人：雷茂辉、周启平等

## 诗的恋歌

雷茂辉

一种悟性私自闯入婚姻的寓所
新的恋情在血管里奔流
我臣服在你的石榴裙下

举着太阳偷情
灯下厮磨　留背影亲昵爱妻
趁风雨交加做一次次无悔的私奔

方格格放牧你的大草原
骏马在我笔下驰骋
你的绿色旅途是我永远飘扬的旗帜

云里雾里　你这缪斯女神
我的苦苦思念分行相逢的泪
痴迷的恋情在婚姻外中暑

选自《军山湖》2016 年第 2 期

## 指间的漩涡

瘦西鸿

常在虚妄中伸手。希望触到另一只手
让它指尖的血，爆出痉挛的尖叫
跌入我指间的漩涡

如今我满世界摸索。孤单的墓碑
插入苍穹。人们纷纷躲进泥土
带走了粘在指尖的羞辱

我仍在虚妄里存活，举着指尖传说般的
十朵磷火。仿佛那位记忆中的盲人
把手指插入了自己的身体

一生触不到的欲念。像纸捻梦里的火星
那渴望焚毁的，除了单薄的身躯
还有越卷越紧的内心

我最终放弃了自己的手指。锯齿般的时光
轰鸣的刀片，徒劳地守候一生
带走的无非是十朵幻影

当所有的手伸过来，我在漩涡中坠落
这一排排时光的深井，淹没了我的体温
也放弃了我虚妄的肉身

选自《军山湖》2015 年第 1 期

## 月光如水〔外一首〕

周启平

月光打湿一个人的脸
一个人抬头，一个人从月光里穿过
他身上覆盖了点点露珠
他从月光里，找到了炊烟、草垛
和一个人遗留在遥远的影子

苍老的月光，照耀着他的皱褶
他不停地打开往事——
那个被他勒紧的袋子，他只想掏出
蛙鸣、狗吠，和打着呵欠的夜晚
他要在一个村庄的月色里停顿

月光浩大，而心如止水
他取下窗前徘徊的那几缕月光
把它们认作故土和乡亲
——一个游荡在外的人
仿佛终于找到了，那块属于他的柔软

## 在尘世做减法

在古老的仪式里，交出我的谎言
卑微和一小撮阳光
我所剩无几，如果你深入一点就能看见
这些，都是因你
我拿不走，也不想拿走
我想在一滴水里，觅得纯洁
或者，在你俯下身的时候悄悄说出爱情
简单一点吧，在尘世做减法
未尝不可
剩下我们的轻
让风吹一吹，就真的回到了我们自己

选自《军山湖》2015 年第 2 期

## 他的名字叫作海

林小耳

每一次靠近，用我的心跳应和你的节拍
永无止息的律动
冲撞和摩挲，都是你诚恳的表达
嘶吼或者呢喃，从不掩饰悲欢
爱上你，愿意被你整个儿地侵犯
拱手让出我全部的岸
还要拜托日升与月落，替我无数次地
亲吻。可是不够呵不够
那么就等来生，插上翅膀
做一只飞鸟贴近你的胸膛
不！我更愿意选择用腮来呼吸
从生到死，分分秒秒都长进你的身体

选自《军山湖》2016 年第 2 期

## 峡谷间

李王强

不像绳索，更不像飘带，倒像是
一把被岁月的风沙擦亮又拧弯了的长刀
陡峭的山路，就这样，劈开了峡谷
陷落了太多终年不化的阴影，也让
咫尺相望的崖壁，满怀终生无法相拥的绝望

怕在一阵阵狂风中飞走，两边的悬崖
便死死攥紧松柏裸露在外的脚踝
此刻，我抬头仰望，一头负重的老黄牛
正在陡峭的刀锋上行走，迟缓、孤独，它粗重的
呼吸，会不会被深长的峡谷轻易夹细、掐断？

选自《军山湖》2016 年第 1 期

## 山居之夜

王光辉

天黑之后　林子开始安静下来
除了山神偶尔的咳嗽和远处几声隐密的犬吠
星星挂在小木屋墙壁上　日子被风洗白　就着月色
悄悄地转个身　我发现　那上面赫然开着：
一个人的露珠
一群人的阳光
呵　还有尘世间太多太多的喧哗

选自《军山湖》2015 年第 3 期

# 《安源诗刊》诗选

创办人：春暖水
创刊时间：2016 年 5 月
出版周期：季刊
出版地点：江西萍乡
代表诗人：春暖水、邓诗鸿、老皮、漆永勤等

## 日月奔忙〔外一首〕

杨 角

日月奔忙。天地隐藏了一把弯刀
一天被砍成两半；一年，也被砍成两半

我这一生是蚯蚓变的，像缩小的长江
从宜宾到上海，谁来砍杀都一样

我从无数家门前走过，拖着一身的刀伤

### 秋天的道场

秋天的道场还在往森林里延伸
天下早就太平了
杉树仍像一个个带刀侍卫，怒目秋风
从七月开始，阳光这位传教士
就在跟杉树上课
直到万物归顺，直到一把把匕首从杉树身上
自己掉下来

选自《安源诗刊》第二期

## 水 滴

春暖水

那些断线的珠子从屋檐，从低头的树叶
弯腰的小草，滑落——跌向深渊

它们越来越少，越来越慢
越来越像慢镜头

一把伞，缓缓卷起珠帘。一滴
泪，在桃花粉红的花瓣，停了下来

世界真安静，呼吸真安静，大地的心跳
真安静，在低垂的睫毛上。停了下来

## 无名小镇

赖咸院

同样有街道，小餐馆，学校和操场
同样有二十四小时自动取款机和便利店
我来到这里，住了下来
过着与这个小镇一样无名的生活
早睡早起，一日三餐
小镇里，没有夜宵，但可以自己煮面条
躺在床上，看小说，听音乐……
我明白，再难有这样一个小镇
可容纳我所有的微小
我爱这种微小，爱过一种
籍籍无名的日子

以上选自《安源诗刊》创刊号

# 《红土》诗选

创办人：湛江市红土诗社
创刊时间：2015年7月
出版周期：季刊
出版地点：广东湛江
代表诗人：洪三泰、陈恩玉、戚伟明、墨心人、邓亚明、符骐驿等

## 一路向北，风大〔外一首〕

杨 梅

很多事物在无声地风干。包括
一个女人的身体，她所携带的
病历：眩晕、便血、口腔大片溃疡……
脉络如此清晰，一阵风
就能摇落的病句。在路上
每一个人都是病人，都需要
更辽阔的治疗

### 趁还未破碎，带她飞吧

一个人膨胀地活着，多累
小小身子，藏着那么多
贪欲的气球。
风啊，趁她还未破碎
请带她飞往乡间
那里有朴素的草木，所有
美好都生活在低处
请一遍一遍吹向她
让她慢慢低下头
像众多草木一样
慢慢
爱上自己干净的影子

## 子夜的风

伊 萍

我们约会和交谈，度过了十二点
最后，我们相对坐在春天的夜里
在风之上
一个明亮的东西，在低栅栏外走动

树木靠近我，钟摆不慌乱
头上的灯，一半光亮给我，一半光亮给了星星
蜷伏在脚边的猫，眼睛也藏了一丝光
它时不时地睁眼，摄取我的想象

夜已深，我不肯睡去
我所爱的男人与女人在夜深处安睡
我对自己说：春天会渐渐变暖
我贴紧自己的脸庞
憧憬一千零一个故事
有一个我，走出来
像黑暗天空的一颗北斗星

## 磨 刀

梁雷鸣

四十年来我做着一件吃力不讨好的事：磨刀
但我并不急于用它砍柴，劈水
更不会用它杀人。我日复一日地磨
天昏地暗地磨。我固执地认为
再钝的刀也有锋芒
我不想让一把刀把自己的锋芒淹死
旁观者总是说——
“刀磨久了不利也会白”
但白不是利，利也不是白
好心人，你不要安慰我的徒劳
我相信一把刀即使只剩下刀把
也还有藏着锋芒的可能

## 树〔外一首〕

海　韵

树木每天都在生长
那些被月光深爱过的嫩芽
在烈日的唠叨里笑得灿烂
以至于后来，经历了过多的风雨后
当风一吹，每片下垂的叶子
看着地面露出的根系时
我就想到年老的村长，当他在翻看着族谱时
每次摇头
总会有一些头发掉在地上

## 梦

只是很短的时间
我就从自己的身体里走失
盘旋而上的楼梯，突然隐去
无论是楼上的人，或楼下的人
都无法在原来的通道中折返
惊慌，呼叫，原地奔走
捷径隐藏在弯曲里
一个人指着梯间向外张开虎口说
真像是一座桥断裂后的样子

## 月亮出来了〔外一首〕

五　点

老椰树白晃晃的
值班亭的灯白晃晃
对面阳台几件衣服白晃晃的
飞入空气的虫子白晃晃
最后一口烟白晃晃的
往卧室里走几步
今夜出差归来的女人
把床染得
格外的白晃晃

## 独

月光照着门前的黄叶子
月光照着长吠的黑毛狗
月光照着夜归的白发人
月光照不着收纳它的黑镜子

## 羊　群

黄育斌

草原上一群一群走动的白
白云一样的白
棉花一样的白
雪一样的白
在啃食青草　风声　时光

天上有更多的羊群
需要更多辽阔的草原和尘世
才能放牧得下

以上均选自《红土》2016年秋月号、夏雨号

创办人：汪抒
创刊时间：2008 年
出版周期：年刊
出版地点：安徽合肥
代表诗人：汪抒、江不离、西边、尚兵等

## 非死亡之诗〔外一首〕

东 隅

我曾怜惜那生生不能相偎的蜂蝶
寒流总是从北方来，没有阳光和鲜花
更不会有花粉，孤独的蝶儿
伏在死亡的枝桠上

我曾怜惜那乌云也无法遮挡的水月
他们心有灵犀，但相知却不能相随
我仰望的月亮总挂在天上，我深爱的河流总是一个人
渐渐地流向远方

死亡啊死亡
这应是一个不可爱的却又无法修改的动词
我点着灯，唱着歌
我说我的死亡是一座花园

这生生的死亡
当白天在逝去的河流里呈现，当笑容以忘却的形式
从人群里穿过，你是否还记得故乡的天空
那越飘越淡的烟火

这生生的死亡啊
当夜晚在没有头颅的忧伤里不眠，当忧伤以快乐的名义
在夜晚流淌，你是否只剩下未知的时间
未知的地点，和已知的姓名

### 初夏，在雨中行走

初夏，在雨中行走
思绪是一条潺潺的小溪
一些绿意从心头闪过
一些思想的花朵比身边的雨花还要晶莹

雨水穿世而过
它们纯洁的光芒在寂静中闪耀
什么正在离开
什么正在消失

初夏，行走在雨中
雨水照亮了枝头的花儿
和我一起赏花的人立在雨中
雨水照亮了我们

## 青弋江畔的星空

汪 抒

走在夜色中的江岸上，看不到江水
但江水肯定在迈着
比我们更轻的相反的步子

白鹭洲寂然无声，这个无人居住的岛上
树木和各种禾本类植物
都在暗中生长，它们的呼吸
制造明早的露水和雾气

其实青山就横在我们眼前，像一道黑色的影子
其实青山还离我们很远
它与我们之间的距离
由绚烂的秋色来填补

那么多闪闪烁烁的词语
在夜空中越来越强烈
它们在表达
尽管我们还没领会它们表达了我们身外的什么
肯定有一层明晰的意思
微弱地覆盖辽阔的大地和沉睡中的人类
此刻，我的酒气和心肠俱无
在星空下，谁还能坚持真实的自身

鱼在江水里不眠
但它哪里读到夜空中那些繁密的词语

众多的发亮的词语呵
也许，只是一个坚定而缥缈的词语

## 野生动物

墨　娘

从镜头里看到的野生动物们
觅食，迁徙，睡觉
打斗，玩耍，交配
那种跟踪遥控拍摄器
甚至能看清楚老虎的胡须

广袤的原野
有它们饥饿或孤独的影子
也有生存或死去

河马们万众一心
要越过奔腾的河水
去寻找故土
鳄鱼咬住了一只掉队的马仔

我看见有眼泪从大象的眼角流出
却不会影响秃鹫们争先恐后地抢食

残阳如血
为生命的无限循环
着上一道赤红的画面

## 鸟雀声〔外一首〕

西　边

一个人的欲望从微风肇始
最终，
无休止的狂风会把脆弱的灯盏轻飘飘吹熄。
务必
一点点消除多余滋生之物
譬如温香的浮世绘
或河湾里一条游荡的青鱼。

晨练的时候
我路过空旷宁静的学生公寓
鸟雀声忽然响起
多么清凉纯净
仿佛对我微微地一笑

## 即景

在我清晨的镜头里
那些水粉画的河流和不断幻灭的天梯。
我不能分辨野蔷薇和月季
因为她们的装束
如此相似。
当然，这些都不重要
重要的是，
途经的西墙边，南瓜花大片嫩黄
洋生姜也提纯无瑕疵的黄金。
诸物变幻
它们却确知我的执着

以上均选自《抵达》总第九卷

主编：向与、郎启波
创刊时间：2000 年 12 月
出版周期：不定期
出版地点：郑州
代表诗人：向与、郎启波、墓草、尹马、云飞扬、董啸、鲁橹、戴潍娜、叶匡政、何三坡等

## 养蜂人

尹　马

他在一座空下来的村庄种植荒草
囤积细小的兵勇；他躲在一个遥远的朝代
调戏一朵黄花；他寄宿在别人的舌尖
造一个漆黑的宫殿

他用糖汁在一面瘦了的山坡上
修筑堤坝，借一群昆虫的头颅
替石头虚构城池；他领着青春期的精子
去云中过夜，他在月光下
盯死残缺的故乡

他满脸胡茬，在秋后绽放人类的笑容
他打着大地的旗号，让妻子受孕
唤女儿回家；他在一只木桶里
脱下孤独的长袍，他在深山
操一支洗脱贫穷罪名的
精锐之师

## 口　红

郎启波

他有明显困意
他躺在夜晚的包围
他不愿意睡去

他一旦入睡
整个夜晚就失眠了

## 魔　咒

墓　草

蚂蚁的日历本
一年有二十四个月
没有人能够活到六十岁
这样很好

蟋蟀的日历本
一年有三十六个月
没有人能够活到四十岁
这样很好

蝴蝶的日历本
一年有七十二个月
没有人能够活到二十岁
这样很好

屎壳郎的日历本
一年有一百四十四个月
十岁之前陪伟大的国王吃饭
然后死去……

## 那个来镇上要米的人

李　季

他摸到我办公室
猥琐　肮脏　手捏一个麻布袋
见到我　像是抓住了救命稻草
“我来要米　他们没在”

他不懂得寒暄
还没等我回应　他已经
一屁股坐了下来
我本想泡一杯水给他
但领导在　我只好将他支走
告诉他还未到上班时间
我有事　让他先去逛逛
我又插了一句
问他家里那么多土地
是不是没种　他说在种
玉米和洋芋倒是多
但天天用这两样下酒
没有味道　我无话可说
他走后　领导问我是不是认识这个人
我说他是我的老乡
名叫陆进钱　有点憨
五十多岁了　至今寡汉一个

# 黑暗会喊谁回家

鲁　橹

穿雨衣的人梦想推倒钢筋的天空
青草和树叶向他致敬
蚂蚁向他致敬

空气游魂一般拎着酒瓶
在四面炙烤的雾霾中
变身暴徒

一只蜘蛛
掀掉自己精心构织的黄金披风
一心一意求死

黄昏已集合不齐八爪鱼的力量了
逃跑的动物那么多
剩下黑暗怎么办啊
它喊谁回家
谁就凋谢

# 黑色电匣

戴潍娜

逆行。通向罗马的大道陡然下坠
我们坐进一只快速移动的漆黑电匣
好奇地，在大地上播撒战栗
在缓慢死去的人群中
迅急地穿梭。山丘惊屹

十字架如鹰般压住身下的大地
钝刀之上，抽割着共同贫乏的声音
当人们排队购买细小的公平
黑色匣底，没有城邦的神或兽
掷出尊敬，旧世界的胶片，拥抱过的手臂

一次次复活这尘垢般的时间
毁灭、背叛、交换，值得拥有
罗马人，最终变成了清洗罗马的人
世界还沉溺于剧痛后的宁静
让别人对我们的快乐感到恐惧
穿越歧路，所过之处警报齐鸣

在禁闭的尖哨声中，我们
将整个世界的电全部收集

以上均选自《审视》2016 年卷

主编：道辉
创刊时间：1997年
出版周期：不定期
出版地点：福建
代表诗人：道辉、阳子、林忠成等

## 在废墟上〔外一首〕

伊 甸

断砖残瓦还在年复一年地诉说
绝望和冤屈，早已流干鲜血的梁柱
突然从阴暗中伸出一只污黑的手
你猛然刹住脚步
让阳光和时间走在你前面

阳光和时间战战兢兢匍匐而行
废墟深处传来一声呼唤
它们雨点般滑进各种各样的伤口
然后化身为没心没肺的野草
在风中胡乱涂写几句墓志铭

你的每一步都可能让自己沦陷于
某一层地狱
或者被一群毒蛇追赶
但你无法绕道而行
废墟底下一粒正在做梦的泥土
必须通过你的手，献给你心中的女娲

乌鸦和喜鹊争着搬运不同颜色的天空
你只能用铁铲一铲一铲地
搬运这片庞大的废墟
你必须有比这片废墟更大的耐心
甚至，更多的伤口……

## 在黑夜里

暮色从一些人的身体里一滴一滴渗出
如同光从另一些人的身体里
丝丝缕缕泄漏出来

星星们烧了太久的香
佛说：时候未到
月亮这个烛台早已成了摆设
黑夜开始满世界撒野
德高望重的天空不敢打它一下屁股

青草、池塘和小小的忧郁
习惯了被遮蔽，被遗忘
萤火虫费了九牛二虎之力
无法把树丛点燃
一双闪着绿光的眼睛
只能绝望地嚎叫几声

只有雾、寒冷和那些贪婪的欲念
跟黑夜称兄道弟
它们并肩行进时
犹如一支庞大的军队

红灯笼在恐惧中颤抖
银河单薄得像一张纸
你听见黑夜的吼声越来越像帝王一样凶蛮
粗野，他张嘴吹一口气
就会把天地撕得四分五裂

# 转阴的一面〔外一首〕

阳　子

转阴的一面也在渐渐转凉
木质锤子敲出生活的果汁
你喝出意识的残骸
看见广场上预言的神秘图纹
中间节育的空白无所事事
你倒退着，退出身体
退出一段幻想者的自由

多么令人麻醉的自由
时间涂着黑漆
秋天的叶子一网打尽
死亡是新生命最为珍贵的起源

你就这样奉献自己
在体内体外徜徉
收拾自己就像收拾深渊
转阴再转凉
直到灵魂千疮百孔
内心的孤独一会儿闪现
一会儿消失

一会儿就是尽头
你必须连根拔起自己
面对脚下的窟窿
就像漠然面对另一个人
的孤独

## 收集孤独的人

你朝着空气吞吐呼吸
天已经很冷
眼光是一种病症
幻想在不远处崛起并试图侵略

整个身体就像一座旧仓库
微弱的歌谣撕着碎片
吐一口气呼出一个世界
你亲近内心折叠所有被腌制的语言
偶尔发现静寂是神秘的证据
阴影遮掩了生活变革式的癫疯

你把自己逼入到新的敞开
灵魂柔软，可以塞到套子里去
你却不知道如何安置
有问题的身体
纸做的假设不言自明
多年的孤独闪闪烁烁明亮起来

你继续孤独
想让自己变黑
理想泛着自白的泡沫
能够思索的都是痛苦的降临
付出力量，你仅仅收回
一个孩子和一本书
怀旧风景画那般固执

# 生　活〔节选〕

何　如

### 1

他用拥抱的方式制止我的存在。
但我说："没有头颅的人一样会说话。"
并把两棵濒死的盆景搬上月亮的额头。
我倒出鲜血，制造火和死亡
用黑的声音，在暗中发光。
直到他转身，从内到外，进入毁灭的天堂。
他把梦撕开，一天就像是一盒饼干
潮湿的，留点记忆的饥饿感觉。
一个过路的人带来从前的影子
泪水，以及稍微苦涩的油漆味道。
生活被扩大成一间房子，有着
迷人的爱恋和四处逃逸的弱小的灵魂。
而他逐渐学会冷却，恢复镜中的爱情
直到我被一颗假牙慢慢变老。

## 2

我被混淆得不成人形，失忆的梦幻
在空气中发出刺耳的尖叫。房间越扫越大
大到我无处藏身。他滴水的容颜被我轻轻抹去
一天又一天，我陷落在腐坏的时间
无法自拔。越来越把我逼入一种假设，比如说：
“我失去了声音，以及砖木地板上的混合结构。”
日子充满着一些潮湿的爱怜，他的冷静
加上我迟缓的脚步，几乎能够打发整整一生。
夜里我总习惯起来巡视，看看
墙上那几幅活过来的画像
想象我是其中一个，白天死去而夜晚复活。

## 3

午夜。我一个人拨弄死去的钟点，想象
我被一群吃火的人解剖，从灵魂到牙齿
无一不是生活的工具。他仍在制造失梦的头颅
一天下来，我积蓄了足够消失的食物
楼梯空掉半只，像是我吐出的
夜晚的小生灵。泪水纷纷逃离，有声音说：
“这是写诗的乐园，这是让内心
失去鲜血的咒语。”动荡之后
我更加隐秘地逼进黎明，他在这一刻苏醒
四肢燃烧，面目模糊，使我无法辨认方向。
一天就是另一个人暗中释放出的魂魄
柔软而略带刺激性的影子。午夜
他的飞翔让我轻易地忘却自己的姓氏。

# 期　待

吴常青

远方有一封信来
让生锈的邮筒
传出孤独被无罪释放的欢呼
见信如晤
手心的小鸟
翅膀扑闪黑溜溜的眼神

# 修灯的人

梁雪波

他扛着梯子走在书间，他无意攀援
却将手高高地擎过头顶，旋转，旋转
熄灭的事物轻易就亮了
他不露声色，一盏接一盏拧上
姑娘们的脸庞变得生动起来
像某个节日，某个秘密的时辰
人们假装拨准了内心的开关

他绕过书，沿着梯子上上下下
他有着比一本书更为专注的神情
他小心翼翼的攀登使我想到
童年的矮墙，烛光中展开的情书
暴风雨来临之前记下的战栗的诗行
一架铝白色的梯子划开空气
我看见从他鞋底掉落的一小块泥
让初春的书店松软起来

而一个修灯者可以无视我的存在
仿佛我还跋涉在远行的中途
凄迷而痛切
仿佛千里之外的雪吹打着单薄的想象
群峰之上，隐约的天光像一卷圣书
因此我站在自身的幽暗里
作为他们的背景，无声的乐器
因此我看见越来越多的
光的瀑布从高处流泻下来
黑夹克的修灯人正攀援于书的峡谷

以上均选自《诗》总第22卷

主编：任怀强
创刊时间：2014 年 2 月
出版周期：半年刊
出版地点：山东济南
代表诗人：王夫刚、老四、王冬等

## 病痛今年二十七

王　冬

女儿的出生是她病痛的起源
二十七岁是关节痛的年纪
她故意忘记疼痛的时间
像河岸欣慰着大水的汹涌
而忽略自己的千疮百孔

夺去太阳的阴雨天
也总夺去她短暂的安宁
沉睡的关节醒来
嘲笑她当初的决绝
越来越高的血压也不时把她压趴下
本就抬不起头
在疾病的威力下更向泥土低去

其实这些年不只是身体在痛
尽管地里的庄稼跟她一样
不理村里人轻蔑的眼神
可多年不回家的女儿揪着她的心
日夜在疼

她已不怪女儿多年不喊她妈妈
也不恨二十七年前把她抛弃的男人
如今她惟一惦念的是
生完孩子的女儿是否跟她一样
患有相同的疾病

选自《诗群落》第 4 期

## 我所知的夜晚

老　四

此刻，我正躺在一个女人的床上
那是妻子，那个一年前的产品
或另一世的我——儿子
夹在我、黑夜和未来之间
我所知的宿命在蔓延：
楼下的烧烤摊进入第三波高潮
下夜班的化纤厂工人，娱乐城女侍
陌生人，凑成一桌
工人拧开女侍手臂上的螺丝，女侍
洗涤着工人大腿上的灰垢
电视新闻里的张有劳还在小区旁的救助站
席地而眠，他的儿子刚被拖车拖走
不知所终。大肚媳妇被
砸到炭堆底下的济阳人冯凯
已在锅炉厂门口睡了六夜，陪伴他的
是花圈、直挺挺的媳妇以及媳妇肚子里
静止的孩子。此刻，我所知的
还有表哥华子，按照惯性
走出啤酒厂，他的裤管里照例藏着一块铁
他五岁的女儿先天缺铁
更远处，一列火车向南驶去
乘客中有一个姓吴，那是我的叔叔
抢劫五金店老板后逃亡云南
云南哀牢山深处，半年前
向我兜售身体的小娟
终于凑够了嫁妆和哥哥的彩礼
今天双双订婚，一小时前发来微信说
北方太冷，准备在南方
遁入婚姻的温床。
我所知的，还有运河上流动的驳船上
的岳父收购了五十吨山东的小麦
准备换回江南的大米以及
我小舅子的大学通知书
船过苏州，寒山寺的钟声
准时响起，星星点点的灯光
汇聚在他手里，烟蒂灭了
岳父脸上挂满了
被小麦和大米抛弃的愉快表情
此刻，我所知的只剩身侧
小儿夜半啼哭，噩梦中惊醒的妻子
闭着眼，用奶头堵住
一个男人对粮食和睡眠的恐惧

选自《诗群落》第 3 期

创办人：张泯剑
创刊时间：2012 年
出版周期：年刊
出版地点：江苏句容
代表诗人：张泯剑、米正英、阙克荣、沈杏花等

## 定风波〔外一首〕

苏 省

去湖边坐坐，当犹疑冬风般鼓荡
前人曾在此地筑堤
植树，择水而居
以为日常生活有项任务，叫作定风波
去微澜或惊涛中看看
那些散碎的面孔，哪一张像你
哪一张像昨夜，无奈的那一声长叹
去数数堤岸上的阔叶树
数数你我间的缺憾
被几个秋冬覆盖。时光为我们
持有那么多，那么多复杂而相似的脉络
一片片化泥，一片片新生
冬风里，我们去湖边坐坐
兴许湖面上的落叶，也会等到平静的一刻

### 去若朝露

想去一个并不遥远的地方
想要翻过几个山岗
在乌云密布处停一停，想想明日
想想，要不要回首望
想带上不翻的书，不吃的茶，不良的念头
想不言不语，不急不慢
想不堪不齿不如意留在原处
守着皮囊和此生忧伤
我想美好如此——
时光流逝，我在世间空空荡荡

## 村民的诉求

霍竹山

村长，我家的羊喝了河湾水落羔羔了
村长，我家的果树今年没结住一个果子
村长，我家的柿子指头蛋大就烂了
村长，我家的玉米还没吐缨子就黄了
村长，我家的井里漂着石油花花人吃了就拉肚子哩
村长，我家榆树上的喜鹊不知哪儿去了
村长，我家的燕子今年没飞回来
村长，我家的母猪下了三个崽儿
一个不长屁眼、一个三条腿、一个两嘴巴
村长，那个工业的臭烟囱让我奶奶的咳嗽直不起腰来了

村长，咱村东头那棵开花的树枯了
村长，咱芦河的鱼都漂在水上死了
鱼肚白一溜一溜的
村长，咱村子的空气中没有花香了
村长，咱五谷丰登的红对联今年贴不成了
村长，咱还是把狗日的工业赶走算了
村长，报告你个好事儿
叮咬得人睡不成的蚊子今夏没了
村长，咱二愣子一家都搬进城里了
村长，咱还给子孙后代留不留吃的饭了
村长，咱美丽的村子快变成
电影里鬼子扫荡过后的村子了

## 风〔外一首〕

米正英

那些风，穿行体内
没有声响，却一点点带走
水分，血液，甚至骨骼
有人弯腰曲背
有人手捧花朵哭泣
有人企图在奔跑中按住自己的影子
没有人在意空中飘浮的粉尘沙粒
一次次落下
一次次将夕阳推向山后
并在不知不觉中将我们彻底带走

### 内心的声音

我总是很少说话
即使起风了也是树枝在摇晃
轻轻地，不发出声响
即使有声响，也不是树的声音
而是鸟的声音，或者鸟替树发出的声音
林子大了，什么声音都有
你无法辨识最真实的表达
我的内心灌满了涛声
只为你一个人鸣响
而你未必能够听到
所以我常常保持沉默
如果一个人足够强大
就会将内心的孤独吹响

## 雪压在屋顶上〔外一首〕

谭克修

早上我推开窗户，看见雪压在对面的屋顶上
十年前，我俩同时看见，雪压在对面的屋顶上
四十年前，我刚认识的雪，也压在那屋顶上
这四十年来，仿佛什么也没有发生
我们从来没有相爱，父亲从来没有离去
甚至我从来没有长大，雪从来没有压在屋顶上

### 蚂蚁雄兵

夕阳将高压线塔的影子不断拉长
以迎接一支闷热的蚂蚁雄兵
我确信它们从古同村长途跋涉而来
历经四十年，才在无人问津的
洪山公园，找到新的巢穴
这些二维生物，视力一直没有进化
看不见三维空间投来的眼神
它们根据经验判断
云朵将在今夜完成一次集结
它们沿着高压线塔的影子，一路往西
它们不知道，自己的爬行
正在使地球反向转动

## 塑像——在南禅寺

西　娃

每天四点半起床
静坐
吃饭
睡觉
不说话，不与人对视，与外界
断绝一切联系
睡觉
吃饭
静坐
就剩下这些了
如果我一生
就这么度过
我会发疯吗？

“我想出去杀人！”
一个同修的女孩
突然在静坐中
爆吼一声

她的声音
落在寂静的寺院大殿里
带着滚烫的情感
进入我纷乱的心中
我突然安宁
一如大殿上
一生一世都说不出话的
塑像

水头至温州80里水路
到了占家埠
退潮的波浪一个接一个
杨屿门，百亩田礁
我的肉体在城乡之间逐流
暮色山村，依稀的雾
晃过太虚宝镜一样的出海口
总觉得有只手，仿佛要把我推向没有尽头的远方

## 渡　船〔外一首〕

余燕双

向钱仓码头走去，这棵百年榕树是必经之地
我仿佛一张落叶被北风吹到渡船上
命运掌握在年老的艄公手里
顺水行舟或逆水行舟
浪尖或浪谷，我都无法抽身
溅到身上的水立即生锈
桨与桨之间是一道道马上愈合的伤痕
这咿呀声淹没了一只过河的卒

## 朽　木

哗啦啦的流水，顺着南雁荡山走势，仿佛推着哗啦啦的时光

## 我喜欢迟缓的事物

宗小白

我喜欢夕阳中的一对老人
衣着朴素、整洁，坐在公园长凳上
他俩或许是一对金婚夫妇，或许是
前世宿敌
此刻他们平静地望向湖面
一位老人从布包里取出几粒药丸
颤巍巍地递给另一位
而另一位不知是出神还是什么原因
过了半天才伸手去接
递药的老人一点也不着恼
眼睛里含着平和的光，好像在等
一个孩子慢慢长大

以上均选自《思无邪》总第五期

# 《屏风》诗选

主编：胡仁泽
创刊时间：2005 年 7 月
出版周期：不定期
出版地点：四川成都
代表诗人：李龙炳、胡仁泽、黄啸、易杉、陈建、黄元祥、桑眉、羌人六、张凤霞、杨钊等

## 桶〔外一首〕

胡仁泽

桶受孕时
所有的树，都晃荡着肚里的水

一块木头，或
一扇门的
敲击声，穿过床头，传下石梯

一块木头，遇见另一块
木头，它们的指纹
会瞬间复活，把水的去路断掉

一只桶，常生着
木头的病痛
收腹、再收腹，或折断一截
以缩小疼痛

这时，世界就在自己身边，世上
最小的声音，都会听得清清楚楚
比如：水渗出后被挡回的声音

受孕的桶，喜欢听树
晃荡着肚里的水

## 饶舌者

宽大的墙壁，有我的小小直升机
红旗不招展，红旗超市是我的好邻居
只是收银员刻薄：没收假钞
广场又一次搬迁
我的花园，容下整个广场
有人开始维持秩序
有人收起了门票：成人不得入内
我被拒之门外。有人拆掉大部头教材
折纸飞机，飞进广场
饶舌者按练习题顺序吃掉别人的耳朵
设计者为广场修改罗盘
小小直升机想冲进去——它不浪费教材
饶舌者——一个挠痒我后背的偷袭者
吃掉别人的声音

## 火车行纪

黄　浩

整个车厢安静极了
睡者的鼾声代替了过往的脚步

这里是湖南，好像我依然在红军亭
用革命的嗓音向春天致敬

从四川到湖南。多汁的身体
像一列奔跑的火车，闯入孤寂的夜色

火车垫子上，抱在一起取暖的人
犹如抱着一只骨灰瓮

火车向前，山川的景象
就是国家的景象，刚从衰亡中醒来

哦！火车，那是割断的静脉
用睡梦向令人羞耻的运动报表

平原辽阔的视线传来
钟声。太阳跃动如巨鸟举翼

## 青蝇之歌〔外一首〕

杨钊

必须承认，一只青蝇的美让人羞愧
它是这个早晨实际的天使
飞舞中裹挟烟尘和馨香
纷纷袅袅扶摇直上——
突然的驻落
用六个肆意升降的吸盘
弹拨妙趣，遍访薄冰和深渊

落下来——
向污浊的世界宣战
此间盛开最纯真的花朵
欣喜等同于沮丧
狂躁即为安宁
落下来！擦拭前脚后掌
检测它直升机的起落架
给这骏马加固蹄铁

当整个人类被疫病攻取而奄奄一息
它仍将代表万物高翔天地间
早安，美的精魂，这种美来自古老的纪年

### 劳作游戏

那时，你在一所光明的大房子
人们似乎很忙碌，一刻也停不下来
忙碌中充斥着安静，就像被消音一般
四尺见方的魔盒，整齐地躺进冰窟
指使你的是病入膏肓的医护人员
假肢四处横飞
又为墙角绿萝或兰草清洁叶片
无论具体到任一问题任意时间
你总轻松捕捉那惊喜的语气
和文过饰非的表情
教你拿出练习簿，书写小报的
梯次结构。索性将解答的钥匙
也交给你，怎能质疑慷慨
莫过于乐于助人。你当然免不了奢想
肯定为病患带来过无数折磨和痛苦
乐呵呵的笑语，座椅深陷成梨涡
隐形眼镜在振翅顿首间隙不知所踪
油亮的蝇虫占据每一道长廊
为击退迷魔者做准备，尽管是无辜的
哦橡皮人，请宽恕那些绣花的制式图表

## 肿瘤记

黄啸

这块还良性的肿瘤，如你所说
割得正是时候。割不了的，
像总是啃不干净的棒子骨——
统统扔到地下室。一只大老鼠
忙赶着一群小老鼠钻进去，
教它们如何辨认食物，
并磨尖牙齿。
小心，捕鼠器。
小心，玻璃碴。
哦，现场版的《母爱世界》。
但它忘了，它怎么敢忘呢？
倘若一只肥猫跟在后面，
它们将玩死亡游戏。
追逐，吱吱地叫着，吱吱——
那一瞬，如听做爱。
从此，我不担心自己的冷漠，
它小于残忍——如你所说。

以上均选自《屏风》第16期

# 《桃源诗刊》诗选

主编：周立生
创刊时间：2014年元月
出版周期：不定期
出版地点：安徽马鞍山
代表诗人：楚天之云、周立生、黄飞跃、唐松、邹春波、余春晖、吕林、桃花岛主、向伟、李安军、凡林、罗启晁等

## 照　相

唐　松

拿着相机，给朋友照相
我认为外表俊朗
内心也一定忠肝义胆
后来才知道
我只看清了他一半

后来，给村长照相
无论从哪个角度
只拍到满脸微笑的一半
却无法拍到呵斥、豁达、愤怒
给小草照相
只拍到它摇曳身姿的一半
却无法拍到它风中的坚强

为什么总是只拍到一半
最后，我给自己照相
发现只拍到上半身
原来另一半
已经埋在了泥土里

## 空杯子

楚天之云

杯子空着
空着的杯子不空
装着空气
装着静

你给杯子里注满水
这个杯子就叫水杯
注满茶就成了茶杯
注满爱呢？

给杯子斟满酒吧
一小口，一小口
直到把圆月喝成镰刀
把春喝成秋

直到它
再次成为一个空空的杯子
透明的杯子
——寄给伊

## 时光小屋·从鱼死后说起

凡　林

不刻意去想昨夜的过程
可能水温导致
也可能是滴了消毒水的原故
想想我们饮用的水中
也放了如此多的84消毒水

我不是哲学家，也不是诗人
只能用简单文字说说
小黑　红运当头　大肚婆
渐渐长大
现在，他们成了我笔下的名字
记忆里会飞的鱼

我跟你说：“我的鱼死了”
没有反应
我跟他说：“我的鱼死了”
没有反应
他们的时光里没有出现过我的鱼
他们的时光里没有鱼

以上均选自《桃源诗刊》第六、七期

主编：左安军
创刊时间：2012 年 4 月
出版周期：不定期
出版地点：四川成都
代表诗人：左安军、莱明、牧宸、心境等

## 附体者 〔外一首〕

拉玛伊佐

在你的腹中说话的东西是谁
在松树林的夜晚
星空灿烂
是什么让你痛苦地倒地说着我们永远看不见的东西
鬼火在远方的森林闪烁
你想吐出你腹中之物
你继续挣扎着
寨子里所有的男人都无法将你捆缚
祀神的荞麦和美酒也是徒劳的
你依然痛苦欲裂
远处猎鬼的人成群结队
道路两旁的松林变得骚动起来
在星空中落下的雨点无法淋湿这个夜晚
我无法看到星光下穿梭于道路两旁的猎狗
与猎枪的幻影
你始终没有从狂乱中醒来
我的背上你的孩子却安然入睡
松林近处的村庄
如潮的犬吠唤醒初升的太阳
多年以后
你放弃了你的女人和孩子
在异乡的火车上走进皎洁的月光
走进一处湖心
从未归来
我们都是一群附体的人
从未真正醒来过
我们惟一存在的理由是警醒那些从未附体而狂的人

## 石头已站立成房子

石头已站立成房子
山崖已长出胡子
而水未曾终止
三叶草则开得正紧
人的脊梁在慢慢生长
弯曲的路也重新伸直
阳光撕碎浓雾
重新抚慰大地

选自《途中》第 3 期

## 命　运

何　一

和这一代所有骄傲的泥土一样
我没有节约自己的躁动
没有根，高高的在空中老去光泽
华灯初上的时候黑色的影子
闪动这个城市封闭而纤弱的神经

你不要对我抬头，也不要置身我的夜色
惟一的水仙花
这座坟墓明日就要被点亮了
你应该远离，带着幽香

## 圣　诞

二　妞

我需要一个教堂
来容纳
渺小与伟大的幻觉
接纳你爱我的方式

我需要一个仪式
用沉默作为语言
完成拥抱和离别
清洗并感谢
对脆弱和破绽们鞠躬

我的巨人走在我前面
我跟着它
在阴影里
延伸为它的一部分

## 悄然而来

方佩君

你带着夏日的所有余热，
悄然而来，
兴尽不归。

起床，剪指甲，画画，喂鱼，叫外卖，
所有的事情必将没有关联。

自行车锁无心再找，
绿色逐渐爬满车轮和把手。

等待开花。
养死的热带鱼，
扔出窗外。
将死的知了，
被人踩扁。

会等待手机的锁屏突然变亮。

你带着夏日的所有余热，
悄然而来，
兴尽不归。

你带着夏日的所有余热，
将我灼伤。

## 盲　崖

李石一

骨头遗忘了羊群
流浪者走到布施台
一群大风
吹熄青稞的火种
一片洁白
覆盖黑暗的盲崖

## 夜

刘传鸿

我坐在屋内
听见，夜
一步步靠近
像梁上的猫，弓着背，踮着脚
树枝被拔光
一片片羽毛
翅膀断裂
这早到的夜

以上选自《途中》第6期

主编：刘频、大朵
创刊时间：2010年9月
出版周期：不定期
出版地点：广西柳州
代表诗人：刘频、大朵、侯珏、田湘、周统宽、蓝向前、张弓长等

## 两颗相爱的子弹

刘　频

两颗子弹
在黑暗的弹匣里，偷偷相爱
在军规里私恋的一对
多少次，苦苦想象着对方的模样
爱的冲动，和一个年轻持枪者的冲动
保持着青春期的一致性

在一个警惕的黑夜里
它们从突击步枪的枪口遽然飞出
把杂乱的夜色拉直成一条线
哦，那是放开翅膀的爱情旅行
但太短暂了。一次渴求了很久的蜜月
在抵达一个敌人的身体里时
一下就闷声地结束了

当两颗子弹当的一声落到手术盘上
在爱和血的混合气息里
它们，终于第一次看到了彼此的模样
两颗受伤的子弹，在陌生的无影灯下
同时发出了噢的一声

## 大研城的空无

袁　刘

四方街上的车铃声跟雨滴很像
石头把城垒砌成的纳西图案从玫瑰花瓣里
迁出雨水的条纹
那暗暗揣测不安的兰花草，沿着石桥找到躲避不及的阳光
一同惊讶望着对方，瞬间羞涩
我不透露长裙上夜晚的露珠记录的影像有多么迷离
那光色暗下去的部分，各种语言针锋相对
生怕流水截留的街道里，一只狗的犬吠吓走了过去
荷尔蒙的脚步如同鹰爪上的光亮，被一只麻雀追赶
为的是哄骗云跌倒面前，俯首帖耳
万物沉睡在梦里
风一紧，声音俱寂，除了想象，这里空无一人

## 桃花雨

大　朵

雨落下，击中桃花腰鼓
桃花颤，雨被自己感染

雨，于是有了绯闻
随流水传得很远

我们逆流而上
不速之客，桃花脸更红

风扯我们的雨衣
从大老远来只为快递两个字

我们用雨衣好心罩住
风发抖，沙沙作响

进桃林，我们逮住了青春
嘿，这家伙逃离实在太久

出桃林我们索性丢掉雨衣
丢掉了回忆

花瓣们连忙穿绣花鞋
纷纷要相送
被我们一一拦了回去

## 牲　口

蓝敏妮

福城有福，明镜的池塘望不到边
还有黄土夯实的小学校
燕子在梁上听“燕子飞回来了”

她不读书，在村口望桃树
和桃花一样低头
放学的村娃尾随她，像是嗅到桃木的邪气
破旧的木屋里她如桃花灼灼
像桃花一样低头
孩童们已学会读“羞”，会辨认一个服刑归来的父亲与一个女儿的亲密
他们拍落身后一饼黄泥，喊着犯罪犯罪犯罪
她说她，他说她，他们说她

我在清澈的池边拨水，她在洗衣
我不时偷偷看她，想着别人骂她的话
她招呼我
我只看着她手中白色的泡泡，还有水中晃荡荡的倒影
某天奉令清点全村人口
最有威望的朱大爷呲着一嘴烟牙，说
她没福气
死了娘，又没钱上学
他报了一个数，比实际少了两人
吧嗒一口烟又加上一

## 一枚在书中奔跑的书签

谢　丽

书的扉页正酣睡
春风也唤不醒

汉字的王国距离中心一厘米
书签在人们的故里跑了一千里

作者一再告诫书签
严禁乱窜

## 卖刀客

蓝向前

他在人群里叫卖着刀具
先是拿出一个樱桃
说是最锋利的切片刀
然后还有剔骨刀，开山刀
接着是皮带，内裤，和一辆
没有后轮的兰博基尼玩具

各位看官
我这些刀子啊
随便可以砍掉你们的
童年，失恋，发财梦，抑郁症

一时间，人群围上来
警报在身后，响起

以上均选自《麻雀》总第16期

# 《淮风》诗选

创办人：宫蔚国
创刊时间：1987 年
出版周期：季刊
出版地点：安徽怀远
代表诗人：崔国发、何吉发、毕子祥、老井、匡文留等

## 致惠特曼

袁同飞

这是你的木匠吗？边工作着，边唱着你的歌
不远处，有一只沉默而耐心的蜘蛛
被包围在无限空间的海洋里
它沉思、探险、投射、寻求可以连结的地方
哦，船长，还是你的船长！请听听这钟声
起来吧，起来，旌旗，为你招展；号角，为你长鸣。

你在路易斯安那，看见了一棵栎树在生长
它独自屹立着，树枝上垂着亢奋的苔藓
一滴眼泪！又一滴眼泪！
从遮盖着的眼眶中飘坠下来，
那是潮湿的泪，泉涌的泪，呜咽的泪，
高涨着，是不是沿着寂寞的海岸飞奔？或疾走？

在你的黑夜里，在写满脚印和苦涩的海滩上
一个小女孩依偎着她的父亲呆呆地站立着
望着东方，望着秋天的长空，在默默地啜泣
从滚滚的人海中，有一滴水温柔地向我低语：
我爱你，我们并非隔得很远啊！
我比谁都懂得这些野性的温柔的疼痛啊！

选自《淮风》2016 年 7 月号

## 受潮的闪电〔外一首〕

老　井

槐花翻山越岭，成堆的蜜蜂
像解放的大军　一夜之间
占领平原乡镇，远方的山尖融化了半截
春天碧绿的纤指拨开了茂密的树丛
露出了湖蓝色的井架
运煤的卡车黑色甲壳虫般地，爬上盘山公路
临近几十个县的火电站都学着蜜蜂
嗡嗡的鸣叫着，吵醒一个矿工睡眠里的深刻
我吃过晚饭、背上矿灯、戴上矿帽
穿上矿服，宛如一截受潮的闪电，悄悄地潜入地心

## 矿　脉

雷暴乍起的时候
谁还吹嘘敢用浅蓝色的闪电
作为自己的纽扣　又到了上班时间
我戴上矿灯
一寸寸退守至黑暗的地心，阳光从没光临
大雨更不会尾随而至。整片地心闷热潮湿
仿佛散发着整个安徽省的体温
每一块煤中都可能躲藏着
一个尖叫的生命混淆着一块乌黑的雷霆
我割煤时分外小心，尽管如此
还有一些细碎的炭屑钻入我的肺管内

敢于抚摸雷霆的人
必管雷霆叫兄弟，在上井的时候
我的心里揣上了一座沉甸甸的矿脉

选自《淮风》2016 年 4 月号

# 《联盟文化》诗选

创办人：陈文培
创刊时间：2015 年 10 月
出版周期：季刊
出版地点：河北
代表诗人：陈文培、梁延峰、林火火、许蓝翔、肖选祥、断脚狼、小老午等

## 那一夜〔外一首〕

林火火

已经是冬天了
我的身体里，依然有
无法停熄的生长与消亡
轮流当王
在一场大火面前独坐
此时应有几只不懂人间寂寥的麻雀
应和几声
语音轻微，面目模糊
如你病中所唱：
“寂寞当年箫鼓，荒原依旧平楚”
入流水，入尘埃
我愿向泥土交还骨肉
而那一夜
应有烂醉的人
走错家门

### 木匠阿三

五十八岁的阿三，原来是个
木匠。会做简单的雕花床和宽口棺材
一个月前，锯掉了两根手指
缺了手指的阿三，在人群里失重
掉进厚重的自责里。而掉进河里
是用斧锯换了渔网，改习捕捞术
村民说：阿三鱼没捕到
却被鱼捕了去；他们说——
三十天前架在刀上，三天前飘在河上
今天之后，挂在了墙上

## 落难的皇帝

许蓝翔

我怀疑，这只老虎来自前朝
像是一个落难的皇帝
宫殿，早已被凡人占据
让人相信，江山与尘埃
其实距离很近

眼看着，星子从高处纷纷摔落
和荣耀断绝关系
人间情事，也与它无关
好胃口能消灭一个国家
放心吧，它现在食草
牙口大不如从前
全部的生活，就是
每天在闹市转悠
心怀玉玺，找不到翻身的路

## 土　地

肖　帆

我祈求为我留下
最后的一小片土地

我认识的那些土地
已所剩无几
她们满目荒凉
像一群纵欲过度的女子
生养过大麦和苦荞的子宫
再也长不出纯洁的种子

只为一个镰刀收割的梦
我祈求为我
留下最后的一小片土地
至少，还能生长
果腹的土豆。或者
埋葬虚无的肉身

## 这不是我的父亲

梁延峰

这个头发杂乱
只顾弯腰劈柴的人
这个不停地用木棍
拍打草垛上积雪的人
这个在夜晚把翻身的动静弄得很大
把咳嗽压得很低的人
现在，他端坐在桌子上首
用怯怯的声音说话
用颤抖的手抢着倒酒
不，他不是——我的父亲　我曾经翻动过他的
　小木箱
那里面有陀螺、口琴　笑容灿烂的小照片
还有字迹娟秀的旧情书
我的父亲
他能把生产队分给的二百斤地瓜干
一口气扛回家
他有让全家人害怕的坏脾气

## 玛旁雍措

断脚狼

天空弄丢了它的雪
在苍凉的大地上沉睡
我弄丢了我的爱
在迷乱的风雪里徘徊
玛旁雍措
我的情人因你而沉醉
请你珍藏她清瘦的影子

大海送来了它的蓝
在平静的湖水中堆积
我送来了我的梦
在破碎的经幡上飘荡
玛旁雍措
来世在山顶盘旋的苍鹰
就是你岸边发呆的女子

过了这个冬天
青稞还记得大雪的拥抱
过了这座山梁
苍鹰还记得前世的恋人
玛旁雍措
我所有的心事向你诉说
你曾用无边的大雪覆盖我梦中的青草
我要用梦中的青草追寻她来世的足迹

以上均选自《联盟文化》2015年创刊号

# 《鲁西诗人》诗选

创办人：张维芳
创刊时间：1995年5月
出版周期：不定期
出版地点：山东聊城
代表诗人：朱希江、李恒聪等

## 周围的光亮向一起靠了靠

翠 薇

一群大一新生有说有笑从我身边飘过
真的是飘，不是走
她们那么轻盈
如空中滑翔的叶子
披肩发，短上衣，曳地长裙，白色板鞋
时而羞涩地低头一笑
惹飞树上一只山雀
穿过枝叶的夕阳
给她们身上镀闪烁的光
我看见的恍惚就是
一群翩飞的百灵
有着与生俱来，纯粹的眼神
没有经历过风雨的洁白
她们还涉世不深
没有被各种颜色，各种味道的世界漂染

这一群水嫩的少女
经过的路上
周围的光亮似乎向一起靠了靠
聚到她们身上
将逐渐下沉的午后提亮了几分

选自《鲁西诗人》2016年第2期

## 月 亮〔外一首〕

微 紫

它被宣告，是荒凉和坚硬的
皎洁的光，来自于折射
也是荒诞的
而它出生在蓝灰天空
似乎仍是为了启动人世的
柔情，安慰，潮汐般的爱

此刻，它再次显现在空中
纤细得像一株草芽
地球，这个巨大的拱形球
和它腾起的烟尘，因之安静下来
像从那细细的琴弦上
垂挂下来的一滴露
或者，一只沉思的蜘蛛

## 在春光中，不必思索墓地

在春光中，不必思索墓地
明媚中，也许仍隐藏着
生命的某种恐惧情节
鸟在叫着，杨絮纷飞着
树木涌动着花朵的欲望
宏大的流，从大地向天空
运行，升腾
生长吞没了凋亡
死，服从着生的韵律

光线映射，消化了万物的阴影
在春光中，不必思索墓地
在光亮中，在云上
在流水里，在飘扬或堆积的落红中
你将慢慢消散，并找到
那轻盈而无所不在的归处

选自《鲁西诗人》2016年第3期

## 春〔外三首〕

小点子

就是这样的春天
慢慢地弯腰
众神面向黄昏。

飞鸟展开了另一种姿势。

### 夏

花朵以绝望的姿势
簇拥着你
蝴蝶穿越信仰之光。

### 秋

雨轻轻落入深巷
有人赞美。
一束花从镜子里开着，进入极致。

面对大美人生，我也要
小菊花般地安顺着。

### 冬

月亮压着雪花。

两个相互谅解的稻草人
在慢慢走，慢慢地消失。

## 站在秋风里

弓　车

对，我已做好准备，像树一样
站在秋风里，披散开头发

一千年没有剪过的头发，大风起时
我像一个疯子，已疯了两千年，一万年

大风起时，我像一个疯子，不停地摇头
摇头，再摇头，对着这世间

却又爱上这最后的风景，我用多少颗心爱呀
你看，秋风将果实一颗颗地从绿叶间搜了出来

将我的心脏一颗颗掏了出来，摇落，摔碎
薅下我看这世界的一片片绿色的眼睛

对，我已做好准备，像树一样
站在秋风里，又疯，又秃，又瞎

惟余一个鸟巢，让一无所有的我扛着
让又疯、又秃、又瞎的我，努力地扛着

你们相信不相信我不管，反正我看到了：
地球不过是被叼进鸟巢里的一颗行星

以上选自《鲁西诗人》2016年第1期

# 《蓝陵诗刊》诗选

创办人：周塬
创刊时间：2016 年 3 月
出版周期：季刊
出版地点：山东邹城
代表诗人：周塬等

## 陶，或者瓷〔外一首〕

麦 笛

遇见满脸戾气的人，我就会想起
陶，那些没有烧透的仇恨
浑身粗粝
瓷的内心也很坚硬
但你已看不出泥土的影子
高温焚烧，熔化了种种不平与愤懑
纹饰上各色图案，之后
化土成神，从容淡定
在它的慈辉面前，你不得不
低下头来，从陶的身上
找到自己的不净

### 雷平阳改诗

巴金文学院的阳光比云南
淡一些，笔耕园里
这位来自土城乡的老木匠
翻阅着我的榆木疙瘩
“我在找白发与白骨”，他说
看不见这两种白，就不是诗人
一刀一刀凿下去，他没看见白骨
我却看见了，自己的白发
长出了榆木

## 虚 坐〔外一首〕

极目千年

夕阳刚好淹至脚趾
朝南的山坡，我坐下来时
天空，正被一朵云推走
随手摸出的一块肋骨
就能让光阴静止
旧地址扔在来时的路上
门环沾染铜绿
造访的少年
正试着涉过最后一条河流
未等风抚平疯长的艾草
我坐下来，在我剩余的江山上
直到名字长出坚硬的碑石
直到后人指认出
这是我一生
最好的风水

### 缺 席

火焰接近烟蒂的时候
你穿过墙壁的深
坐下来，与我对视
这是我屡试不爽的秘密
当过剩的雨水落满田畴
当雨依然没有停歇的意思
这些年，我们落草为寇
背影磅礴疑窦丛生
六月的汛期像邻家女孩未嫁的初恋
在大地盛大的浩劫中
我们清点骸骨，把肉体托付流水
当今夜的火焰接近内心
村落被重新放回产后的子宫
我才发现，自己的座前
一只白碗，空了多年

以上选自《蓝陵诗刊》2016 年第二期

## 清明赋 〔外一首〕

马启代

清明时节，春风翻开半个中国的页面
雨夹雪，幕布垂下
天涯之外，葬仪就是哭声和鲜花

雪，阳世最美的花朵，做最后的诀别

每当写到清明，就写痛那面山坡
春风用娇嫩的身子，站满坟头
替我，为双亲铺好了一人间的绿色

不知阳光能否在另一个世界发亮？

围坟三遭，没有一个脚印能找到入口
一堆老土，是否两个世界的大门？
双膝跪地，整个前山都感到疼

惟儿不能下跪，脚下是中国最痛的地方

## 灵 魂

灵魂是靠光来说话的

没有光，便没有中心，没有边界
什么都没有
包括天空的空，天空的蓝

黑的东西只是服色暗淡
如白的东西，披着黑的外衣

黑到极处也是耀眼的，耀眼的黑

强的光吞没弱的光
光与光的杀戮，人类给标上光明

因为光，不断地造物，不断地命名
自然的光，属于万物
谁也垄断不了

人造的光，如利刃
利刃喜食血的热与文化的毒

而心中的光正在沉睡
黑着，或亮着，但未伤人

## 我的告白

喻宏胜

时间不会停下等我
哪怕一分钟过后风云际会
生命却是如此慷慨
风里雨里　无尽的夜
挥霍去太多的寂寞等待

不要再一次错过春天
就用一千里烟波　供养心的花蕾
豪情澎湃在天海间
让朝阳落日　无边的星空
描摹成不朽的仰望

不要让远方的风把梦吹落
用我五百年酝酿的激情
在电闪雷鸣之后
钟情地召唤那枝永不凋谢的花朵

以上选自《蓝陵诗刊》2016年第二期

## 在江南，我遇见一个着旗袍的女子

胡庆军

撑油纸伞的女子，着一袭素色旗袍
背影静默成诗，流年的婉约让某些古朴
沉淀成时光的妩媚，那一袖暗香
带着深深浅浅的心事，在江南

我遇见一个着旗袍的女子
穿过岁月，可以读出旧时光的味道

仿佛是一首婉约的诗，穿旗袍的女子莞尔一笑
就浪漫了时空，就让淡淡的粉色，梳理了雨的哀愁
然后演绎一道江南靓丽的风景，让我们忘记了旅程

那一抹属于旗袍独有的情致，演绎了极致的雅韵与风情
就这样拥有如水婉约的情怀吧。魅力与美丽
摇曳成古巷里青石上的丁香姑娘。谁
可以读懂唐婉琴语里的伤痕，谁让谁独自美丽独自芬芳
那一缕栀子花香，在历史的烟云中
定格了东方女子的清雅秀娴

如今，就在时光的碎影里，在氤氲的怀旧中穿尘而来
在舒缓而蓝调的音乐里，踩着江南湿漉漉的雨巷
让最美的意境清晰成生命里的故事，从春到夏，从秋到冬
弥散在一幕幕风尘往事的画卷里，在某个日子能聆听到
或者透过散漫的思绪，可以触摸到新旧岁月的烙印
着旗袍的女子，清新如一朵盛开的莲
在半开的褪了色的旧大门里，谁的叹息
让整个江南，都满溢了流年往事

# 黄昏的树

九大锤

## 1

不能停止踉跄的脚步。老鸨会从树上飞下来
丧失光明的猎物，在西山不食人间烟火

方可沿河而上，淘金者遗下的木溜子黑耳密布
看不见细小的金属物就看不见六月雪亮的幽谷
影像在最后一页记载。人在黄昏移动
树不动。树动，老鸨会泯灭

## 2

吊死在这里，不是簸山理想的结局
文明人喜欢做善事，只在西山点燃烟火

没有痛苦就没有嚎叫，黄昏是相得益彰的
那些化为古物的石头，也起伏不定。与驯鹿圈养在一起

能量积蓄久了，岂止一场不正经的风
把树一棵棵在日光下老去

## 3

把纽扣敞开。黄色的天空会下雨
会落在婴儿的额上。婴儿的啼哭会涨满小河

树，目无一切。几个高举的空鸟巢睾丸一样
这些始终闲置的摆设。家狗拖着舌头从家猪旁边走过

西山的老汉被迫离家出走。无法呼吸的炊烟
在人间荡来荡去。在黄昏下像一头雾

## 4

步子跨大也不能解释新生的尘霾
温顺的羔羊在动物世界里一天一个模样

寒冬时节，也许秝里颗粒无收。新的丐民开始向西蠕动
河里无冰，无鱼，夕阳落不下来

的确。这场预谋已久的风始终与和平无关。
想象者的翅膀不能束缚任何一棵古怪的枯木

只能闭一只眼。睁一只眼
在黄昏呆望着树

以上选自《蓝陵诗刊》2016年第三期

主编：木偶、成枫、秦澜
创刊时间：2009 年 7 月 30 日
出版周期：不定期
出版地点：广东广州
代表诗人：木偶、成枫、秦澜等

## 佛 光

木 偶

那些被遗忘的都是有道理的
就像那些被忆起的东西一样重要。
在白马寺，不知名的佛
脸上的笑容是那么的诧异
让我不敢揣测。
我知道，我是个有罪的人
我一直把自己隐匿，不希望有人看见。
但无论怎样，内心的小幸福
还是在某个片段打开。
就像屋顶上的破瓦，把阳光洒下来
一切那么自然。

选自《微光诗刊》总第 10 期

## 我梦见忧郁的高跟鞋

伊 萍

我梦见忧郁的高跟鞋，穿在伟岸的
男子身上，仿佛蒙着一重红雾气
我梦见你神秘的眼睛是蓝色的
两个天空的纯洁以及亮彩

十月的树木与高跟鞋一样
率性，走到哪里都无意升高
几分寸。落叶上的皇冠
在提醒我别低头

一泓秋水绕到面前来
身体的圆环肉感，以艺术的
名义，把我从纯粹的孤单里
淡化一种声音的缠绵

选自《微光诗刊》总第 9 期

## 收藏王国

秦 澜

青铜的独守，顽石的执拗
你把此生的藏品堆成一个王国
王国饱经纷争，弓弩腰折，你年迈的
缨枪躺倒于血泊。一封家书半毁犹存
它跃过火光，延续了一个家族的命脉

金樽的豪犷，瓦瓷的娇羞
你把此生的藏品堆成一个观园
观园没有战火，里面同时住着
酒鬼与书生。他们在酒池中一夜对饮
不料酒鬼醉死，书生竟潇洒地乘云远去

银元的厚重，纸钱的沧桑
你把此生的藏品堆成一个褪色的年代
牵着元朝的马，你在民国的闹市里
遍寻珍宝。伪饰与贪婪四处翻爬，虫子
洞穿商贩的新衣，他们的丑恶显露人前

秦汉的渺远，现世的狭迫
你把此生的藏品堆成了你自己
你的执拗、你的独守与沧桑
若干年后，当你心怀世界，拉扯往日的
戎马江山一同睡入王国的坟冢，那似乎
世界成了你的藏品，你成了我的藏品。

选自《微光诗刊》总第 10 期

创办人：徐兴、先瑶
创刊时间：2015 年 5 月
出版周期：半年刊
出版地点：贵州贵阳
代表诗人：曾入龙、许扬华、子晨、罗建、薛景、汪常、任斌等

## 工地上的四个女人

子 晨

我数得非常清楚
一共有四个女人
盘旋在工地上一群男人的夹缝里
就像岩石的缝隙里长出的几根绿苗
身体瘦弱，并且几近枯黄

工地上的四个女人来自深山
也可能来自男人的身体里
成为男人的一根肋骨
撑起被劣质香烟熏黑的躯壳
看吧！又一个崭新的世界
正在黎明之前拔地而起

她们不吃面包
干瘪的乳房养不活爱情
因此她们嫁给了一袋盐巴
半桶油，和无米之炊的生活

她们多热爱这样的生活呀
就像热爱下午的菜市场
谈论起她们带油烟味的爱情时
狂热而激动的心脏
忍不住要迸出空荡荡的胸腔

## 晃动的记忆

曾入龙

握不住的时间终于塌陷了
一双手此刻两手空空
一双手
此刻无力地垂着

眼睛也捕捉不了什么了
眼里一片浑浊
此刻阖上了眼睛
就是把天上那盏月亮熄灭了

那个追星星的人也停下了脚步
一起去看流星雨的人
也在垂垂老矣的时光里
渐渐老了

“老了呀，老了好。老了，就不会远走天涯了”
一双浑浊的眼睛里
此刻清澈起来
有了明亮的火焰与月光

## 独上高楼

先 瑶

不望大江之外，不望千山之外
却黯然销魂

黄昏之后，月亮点燃四周的蜡烛
高楼之上，四下无声

夜空中闪耀的火焰，不是星星的心脏
是那干涸的眼睛
将要流出的红泪

## 写给北方的诗人〔外一首〕

徐　兴

听惯了南方雨声的诗人开始怀疑
脚下的土地，和流淌的血液
就像质疑身边的亲人那样
怀疑自己

北方的诗人呵
南方已是深秋的祷告
你是否还背着吉他
躲在滴水的屋檐下
正如我忘了自己一样
摸爬滚打地混在日子的染缸里
苟且着乐和歌唱
但愿在每一个静谧的暗夜里
熬得过岁月，和北方的秋

## 乡　愁

秋天在黔中大地的子宫里已经成熟，等待分娩
老农看着手里的镰刀，缺了一半
缺了一半的镰刀，挂在星子中间
割着云间的麦穗

从河边路过的马蹄，打着好听的节拍
半夜，才找到栖身的野店
外地的泥土，流入每一根血管
只有等它睡过去，才能悄无声息地逃走

逃走，然后
在乡愁的梦里，筑一座坟
我安息在里面

## 时间之外〔外一首〕

左安军

没有一张床属于自己
没有一面镜子会记住你的所有形象

夜一瘸一拐地走进我的身体
直到梦把我赶出时间

醒来时我去参加自己的葬礼
然后独自一人回到地狱

那留在地平线以上的声音
将会被无数代人重写
为世人所熟知

## 穿过河流

当大海的蓝色睡眠在你眼中突然降临
你用你的眼睛锁住了我

暴雨将旅行从早晨推向早晨
道路如此昏暗，你打开你的眼睛
将它照亮

第二天我们才到达喀斯特小镇
你走向你的葫芦笙
我走向我的圆木琴
我们喘着气，在对方那里吹奏自己

一条河流接纳了我们
这黄昏的古老习俗
但愿我的吉他不再嘶哑
但愿你在我的琴匣中静静流淌

以上均选自《新诗维》创刊号、总第二期

# 《群岛》诗选

主编：谷频
创刊时间：1984 年
出版周期：不定期
出版地点：浙江舟山
代表诗人：谷频、孙海义、厉敏、李越、白马、郑剑峰等

## 在岱山岛观潮

江一郎

空阔的洋面，陡然奔过千万只猛虎
一齐嘶吼、咆哮
更多的猛虎，跃至空中
追逐，激情与速度，力量
与疯狂，足以撕碎，或吞噬
世间万物，而我
无丝毫惊悚，且一起吼叫
仿佛牧虎之人
心中豪气凶猛
可是风平浪静之际，猛虎消隐
又顿觉沮丧、挫败
想我自己，往日里，在远离大海的小镇生活
读圣贤书，我还是脱离不了
低级趣味的生活
我也想崇高，也想渴饮松露，饥餐月光
却越来越世俗，越来
越卑贱、麻木
诸多，愤慨或怪诞之事
业已熟视无睹
体内，暴戾的啸声湮灭，奔跑的
再不是勇武的猛虎
是惊兔，风吹草动里
一只颤悚之物

## 海底之旅

张作梗

有时，我走在海底。
对于海水的击打我逆来顺受。
我的心，除了是蚌，还能是什么？
他们用潮汐测试我的血压，而以沙砾丈量我的身世。
有时我走在海底仿佛走进你无尽的发丛。
你的发丛高绾如一束古代的风暴。

我走在海底像走在我没落的心中。
我的心四分五裂，除了是被敲碎的蚌，还能是什么？
我培育灯塔只与你的迷航有关。
那么多波浪一无用处。
那么多的黄昏倒灌进身体——仿佛我必须用遗忘，
才能脱卸一个穿在意识上的村庄。

有时我走在一根疼痛的神经上。
当我敲打这根疼痛之弦，
整座海洋都在应和。
我从一粒幼虫般的海水中拨出你，
你的发髻高绾如一束风暴——不可遏制地，
你开始水下作业，
沉船般，将我打捞进你急促的呼吸中。

以上选自《群岛》2016 年第 1 期

## 睡袍赋格曲

李成恩

秋虫脱下睡袍，她们集体逃脱了
来自夏天的纠缠，夜里她们在郊外开会
先是众声齐鸣，欢呼秋高气爽天人合一
然后集体在月光下暴露鲜嫩的身体

噢秋虫鲜嫩，仿如天人合一

鬼魂脱下睡袍，他们集体逃脱了
来自人世的黑暗，夜里他们在郊外开会
先是众声哭泣，倾诉秋高气爽天人合一
然后集体在月光下暴露乌黑的身体
噢鬼魂乌黑，仿如天人合一

毒蛇脱下睡袍，他们集体逃脱了
来自道德的打击，夜里他们在郊外开会
先是众声传唱，歌颂秋高气爽天人合一
然后集体在月光下暴露赤褐的身体
噢毒蛇赤褐，仿如天人合一

嘶嘶怒放的蛇信子，仿如婴儿的哭泣
秋虫厌恶哭泣，她们披薄薄的睡袍
挤在一起讲述天人合一
鬼魂混迹其中，一看便是鬼魂
脸面模糊，泪痕也是天人合一
毒蛇翘起后尾，露出私有的器官
噢那是毒蛇的睡袍，天人合一的私有的器官

选自《群岛》2016年第2期

# 岑　寂

霜扣儿

我认识那个黄昏。在桃林唱歌的人
人间在左。他们在山岗上
落英在唱歌。唱我不会说的话
唱歌的人站成桃树
在山岗上。我一生的花漫山遍野
也来不及说：慢着，西风

# 岱山岛

谷　频

请快把灰色的沙粒从地图上拿走
这个张开空唇的孤岛
站在涨潮的海中并不想日益憔悴
那么多鱼种潜伏在岱衢洋的深处
诗中叙述过的桅杆、带鱼、耀眼的盐
以及祖辈为生的风浪都是神秘的珠宝
它们撒落大地，为的是幸福的寻找
越冬的候鸟在望夫崖筑起了爱巢
而二月单薄的渔汛，让每条街巷变成了
洋面，在盼望着一场完美的风暴
这是东海空出来的最后一块陆地
对岸彻夜不灭的灯火便是我的阳光
哪怕你用一生的时间练习遗忘
我们全身的鳞片，必将重新回到海水中

以上选自《群岛》2016年第3期

# 非虚构

颜梅玖

黑暗总要暴雨一样来临
天空总要迸射出愤怒的闪电

悲伤，也会赤裸着走进我们。就像
喜悦也曾经到来

血红的玫瑰犹如疯狂的欲望
在夏日的花园里发散出毁灭的气味

飞虫陷在山胡椒的光彩夺目
露珠里也隐藏着致命的危险

有谁懂得你正在忍受鞭笞之苦的生命
尚在怡悦之年？

时间终将一切磨损。美在静静开放
只有死亡在暗中松动我们的每一根骨头

选自《群岛》2016年第4期

创办人：方文竹、韩庆成、盛敏等
创刊时间：2010 年 8 月
出版周期：年刊
出版地点：安徽宣城
代表诗人：安徽宣城地区诗人

## 遇　见〔外一首〕

其　川

这一刻不可描述
如秋水在涧
如光阴穿过紫藤叶隙，落于木门楣上
落于裙裾、石阶，旧时之王榭，这一刻
空空如也，恍若浮世
不嗔、不怒、不惊、不喜，自虚彻
澄明而来，大音希声
时维五月，心旷神驰
群山之黎明，熹微无言
这一刻满天烟霞，漫天蛱蝶，有繁花幻景明灭，
　春晖
忽如当年

## 擦玻璃的人

在修枝之前擦玻璃，在紫藤架下
擦玻璃。用午后的阴凉和云影
用 C 字形的身姿和一丝不染
的心情，他想要
把本来存在的玻璃擦成一片虚空，让
玻璃之外的花园只剩下花园
让玻璃之上的天空，只剩下天空
他想要，把薄如蝉翼的玻璃
隔在人世之间，只有他自己知道
因为有冰凉，有坚硬，有一块
透明的、易碎的玻璃，一直等候在
露水飘飞的窗前

## 让〔外一首〕

左　云

日子一天一天过去。我只会
闭紧嘴唇。我不会使用
嘈杂的空气。越来越多的汽车
在身后摁着喇叭。
那些猫死于天生的敏捷。
我退让到路边墙角。
橱窗中的人与我一样
离我太近，太虚幻
如果再向前一步，我将与他重叠。
这让我感到一丝壁虎的恐惧，以及
阻挡的墙壁
对肚皮的安慰。

有时，我拒绝写出一首好诗的诱惑。
我必须让着那个人
让着那个充满欲望的我

让——

## 持，非持

人有堕落之轻便
而人生多困，乃
持服寂苦之甘霖

直到落英缤纷
松解攀崖之索扣
那一瓣一叶

脱落于蒂结
那坠落之释放
纷披之畅敞
而石涧枯干
泛起青釉之光
植物有垂美之喜悦

## 穿裤子的树

王正洪

穿裤子的树煽亮了一双人的眼睛
两棵穿裤子的树感动了一片涟漪
春情被雨水洇开。夏蝉
误判虚幻，红尘隐现的弯道
一条街倾斜了，倾斜了的天空
一片云彩下榻在此处
是嫦娥，还是走秀的模特
顾盼生辉，还是入市的美女
隔街相望的马头墙驮近如浪的商机
苔痕斑驳的古巷似乎要举办盛大的晚宴
那轿子上伸出的一只脚，惹得花香蝶舞
蚂蚁陶醉了，沿着这金光灿烂的裤子
做梦、献吻，企图拥抱
一阵风压低了花香，一个趔趄
逗得少女含苞欲放
由着你饥饿疲乏或神采飞扬的身躯

## 病

李庭坚

黄昏，烟霭升腾
初夜的帷幕下，鸟儿从枝头
轻轻飞起，花瓣落地无声
我突然病了

饮尽杯中最后一滴酒，依然
干渴难忍。我纵身跳入你的波心
想化身成一尾游动的鱼

倒映水中的
一轮残月，是刺在
胸口上的符号，每一个夜晚
都闪闪发光

如果五百年不够，可以是
五千年的埋没
只要有一个早晨，你从岸上经过
无意间发现，水边
有一枚静默的化石

以上均选自《滴撒诗歌》2016年卷

# 《墨派文学》诗选

主编：东方叔
创刊时间：2009年
出版周期：不定期
出版地点：陕西西安
代表诗人：辛束儿、非斐、瑶人轩、榕树下的一丁、古庭月影、褐色毛衣等

## 玉带河上的牧养老汉

曹国魂

玉带河里刮过来的风
最终被牧养老汉
搓成一根绳子
把他们的棉袄勒了勒
他们蹲在雪地里
像墓碑上掉下的两个字

一阵风又从玉带河里刮过来
先是捋了一把芨芨草
使劲撬了撬
接着撩起老汉的衣襟
像是要擦一根火柴

老汉说，雪在玉带河边
是天上赶下来的一群羊
竟挑玉带河上的嫩草吃哩

选自《墨派文学》2016年第1期

## 母亲和豆角

林远先

月亮还在天上悬着
我母亲弯曲的身体
在小草的芽茎上浮现出来
像一夜醒来
疯长在山地，半壁的秋
长长的阴暗一片死寂
我的母亲锄了一地的霜
她把豆角籽藏进土地里
让它们暖暖入睡

长到一寸高的时候
母亲用最牢固的姿势给它们依靠
被病虫欺负了
母亲一叶一叶地除害
另外，适量减去它们身上的负担
让它们像我一样健康地成长

十几年过去了
我的父母就这样照顾着土地

## 衣　服

谭　洁

设计师突然的灵感
裁缝走神时的跳针
洒到的颜料
滴到的果汁
蹭到的气息
遗留的触觉

绿树下的停留
江水里的喘息
被阳光透过的温暖
被雨打湿后的斑驳

以及维持一个长久姿势后的折痕
一件毫无修饰的衣服
居然可以承载这么多

以上选自《墨派文学》2016年第2期

主编：慧存
创刊时间：2016 年 3 月
出版周期：季刊
出版地点：河北燕郊
代表诗人：慧存、尹长磊、蛰龙等

## 我往哪里去〔外一首〕

冷眉语

得问一朵花
和她结出的果实
得问一粒果实
和它投身其中的一地落叶

得问一缕灰烬
和那被某只手翻腾过无数次的火焰
得问那只手
是左边的爱情，还是右边的婚姻

得问一轮明月
以及它的阴晴圆缺
寄出月亮的人
在信封的背面弯成下弦

得问一颗小石子
以及花瓣一样颤抖的涟漪
许多年以后
谁还像水一样活在涟漪的中心

得问一只鸟
和它驮着的天空
风呼啸而过
顺手取走我们小小的心脏

## 缺 席

苦丁茶喝掉我的每个夜晚
残渣一样
倒掉我

即使春天，与我有关的季节
疼痛的颈椎后
风还是以锐器的冰凉在意料之内顶上来

我出生的老房子
不知道我早已流落于父亲之外
唉，好多年了

废墟下，父亲睡在那里
像夜里的长明灯
而我只有借助夜晚

才看得清历史一样深的父亲
并为他每天长出新的伤痕
在老榆树停止哭泣的枯杆旁

那些凌乱的影子继续穿过高楼而去
俗话说生死由命
可我坚持认为“死者一无所在

仅仅是世界的堕落与缺席”
我许世界生命
世界许我以补丁

## 我的太阳

胡 玥

我是你的女人
我是你烁烁之光里的一束焰火
一束带着你温度的芒

我是你日月华光里不死的植物
是你遗世的那一缕香魂
一朵只盛开一刻的昙花

我是你扶摇天地之间抖落的那片羽毛
你波光里瞬息幻灭重生的波光

你是我的神
我的神明之灯盏
我是你灯盏中的那一豆灯芯儿
我燃烧我我毁灭我
神明之灯捻儿永续不断

你是我的太阳
我的爱

神明在上
不要去触碰爱

真正的高贵是永不触碰

## 总有看不够的透明

蓉　儿

在陷入美之前，总要展开一场想象
那些透明的，弯曲的，光滑的
需要解密，需要一步步
深入，整个美的制造
面对这个晶莹的世界
只有我，才需要不断打磨
才能看清
八千只蝴蝶，十万只天鹅
八箭八心发出的亮

我的水晶梦，原来
比明月只矮三尺
比秋水，低了一寸
一些前所未有的浦江人
发着通透的光

## 赶在日落前

吕　游

赶在日落前，为你点亮那盏灯
乌云重重压下，看不到遥远的星星

路还在奔跑，像那条蛇
死死咬住追赶的，是那阵狂风

悬浮了许久的故事，要尘埃落定
黄昏时刻，谁藏起太阳的灯笼

地平线还在，再烈的马也拉不断它
没有哪把屠刀能斩断阳光的绳索

我知道，你终归要在大雨前到来
像风雪中，归来的主人

黑夜要来，暴雨要来，一些人要来
路上的人，我正为你点亮这盏灯

## 打板上殿〔外一首〕

李会存

从久远劫来
古佛的身影就投射在
古刹的风铃
磬板的节奏那么生动

梦白的时候
心香点燃僧伽本性
奔向大殿的脚步
蹚起了汩汩禅风

闻如是
千百亿法骨的化身
在这个初春的早晨
觉醒

# 丫髻山一枚过冬的酸枣

当你跟随那颗蟠桃
滚落凡间
便经受了春夏秋冬的考量
便有了人世间的冷暖苦难

原罪学说
从远古飘来
泊在丫髻山的腰间
留下了红彤彤的证据
记载千万年的改变
记载了沧海桑田

状若红豆
无声地诉说着天庭的变脸
凝练如玉
将心中的酸苦灿烂地打赏
似天庭的胎记将那段皇史昭然

倾听丫髻山被风吹散了的传说
归隐所有的忧怨
凝练天火的斑点
幻化春天的火焰

当早春的寒风
背负着天堂的消息
与你擦肩
你便毫不犹豫地将自己点燃
引领王母华宴上百花的奇艳
临幸山川

# 河岸上的守望

罗 龙

河逆流，哗哗着响的水从鼻尖流过
从眼眸流过，从心上流过
流过音容九曲十八弯
时间不动声色
许多人和事，像沙砾
被淘出本色
而我们将一点一滴被淘尽

两岸的草叶
都经历过潮起潮落
他们渺小得没有发言权
与世无争的模样
把过往渐渐模糊

至于一座山或一棵树
守望并非所愿
岁月走过时，她们就老了
就佝下了腰
把故乡当拐杖

以上均选自《燕京诗刊》2016年第1-2期

主编：王占斌
创刊时间：2009年
出版周期：季刊
出版地点：山西大同
代表诗人：王占斌、刘永贵、喙林儿、子夜、侯建臣、黑牙、于立强、左左等

## 砍　羊〔外一首〕

王小妮

有人在傍晚的路口砍羊。
人行道中间戳着那羊的头
有卷毛的脑瓜
刚断开的身体还在抽动。
拿斧子的要路人相信他刚杀了一只真羊。

碎骨和肉屑，红的流星在跳。
月亮躲得最远
只有天上才安全。
羊的血，很多条逃跑的蚯蚓
街市上所有的红色都跟着这一刻变暗。

后来，街灯照着膨胀起肉味的尘土
烤羊腿的烟在上升。
越来越苍白的羊头
独自戳在一层层渗油的月亮地上。

### 有霾的晚上

试试从墓葬里向外看
就像现在这样。

头顶上那颗钢钉敲出的漏洞
刚好泄露一点光亮。
什么也看不清
古人说，这迷糊的感觉就是美好
我们从来都是信的。

半死不活的夜晚
死了以后，还要大口呼吸几小时
死了也不敢闭眼。
灰蒙蒙在头顶晃着
传说中的月亮
是个没生命的星球。

## 向日葵〔外一首〕

笨　水

在一片葵花地里，我能认出安驼子
一袋化肥，能把他的腰压断
明瞎子，会算命，批流年，卜凶吉，避灾祸
拉得一手二胡，裤袋里还装着口琴
火烧的疤子脸，年轻时打铁，老了打工
开机床时，食指冲成了钉子
我看见一株向日葵，进了一块麦地，还在往前走
我叫它李冬阳，去了云南
父亲死时，没回家。母亲死，没回。房子倒了，
　没回
有人说他死了
有人说他，娶了佤族姑娘，住在南康江边
想想自己，在新疆，把最好的阳光披在身上，突
　然哭了

### 草上星空

躺在草地上，要自己再轻一点

可以看见白云从山上掠过，小麦在坡上转黄
虫鸣停了一会儿，又叫起来
小草举着我，像部落英雄，像出城十里追回来的
要犯
像抬着一副棺材，走向天山
山上，我会突然站起来，是因为
心中死去的，又活了
一副棺材立着，只有你，能够用星空将我埋葬
碑，不要太大，用冥王星就好
碑文，不要太长，月光便好

## 静　物〔外一首〕

黑　牙

在一个房间里呆久了，全身的
骨头，都会变成乐器
夜里，它们不断地摩擦
碰撞，演奏着一曲弦外之音

它们不会以为是梦，不会因为
错失了窗外的日出和日落
一场缠绵不休的雨
一阵歇斯底里的风，而懊悔

在一首词或一幅画中呆久了
就会有一根根丝线般的触角
从纸质的，木质的，石质的
或水质的身体里钻出来

### 水　边

想到黄昏和漫天霞光
想到一只湖鸥
用淡蓝色的翅膀扇动湖水
想到被水草、暗流
和层层往事，困在淤泥里的
一朵朵睡莲

想到她们在我出现之前
高举玉臂，扭动纤腰
扬着粉红色的脸颊，合唱一支
明亮的拍水调，想到静美的
身体里那绚烂的青春
想到近在咫尺却一生都
无法逾越的岸

## 食草动物

于立强

草地里的兄弟。逐草而居
浪迹天涯。
在你死我活的环境里
把温良表现得淋漓尽致
偶尔抬头看着远处
潜藏的危机在树下开花

一只一只
一群一群。踏破荆棘向前走
人们忽略了你们星星点点的死亡
死亡有时就是辉煌
你们毫无察觉
你们只与草有关
肉食者鄙

以上选自《π° 诗刊》总第10期“2015短诗专号”

## 伐木人〔外一首〕

子　溪

树和叶子接纳的，仅是
一声声廉价的告白，细微，清凉，缥缈
在远天远地的塅坪
雨的到来，注定了有许多的故事要发生

譬如一条蛇，冷不丁出现在路旁
譬如河滩里的石头
静卧出一种柔软的姿态
譬如一道闪电，一根枯木冒起了青烟

我是一个简单的伐木人，饥渴，发育不良
干活累了，就躲在工棚里看书做梦
不知道草丛里一朵素雅的花叫什么名字
也不会把墁坪想象成一只精致的花瓶

墁坪就是墁坪，树和石头相依为命
奇崛的山峰，阻隔着家乡的方向
多年以后，我听见斧子和树在对话
一滴雨，正好打湿了我的流年

## 墁坪的桦树

在原始，幽深，寂寞的墁坪森林里
我每天要遇到一些桦树

高兴的时候，我遇到了一棵红桦
忧伤的时候，我又遇到了一棵白桦

白天的时候，我看见桦树的根扎在云朵上
夜晚的时候，我听见桦树的叶子细说着一种秘密

风吹桦林的时候，我扛着斧头翻过最高的一座山梁
雪落桦林的时候，我向着遥远的故乡喊几句山歌

那一年，我还遇到一个牧牛的女孩
桦树底下，她亮亮的发梢别着一朵美丽的晚霞

# 每株花草都是父亲送来的信息

秦时月

一年几丛、几十丛，慢慢地
也就遮天蔽日，看不见当年的新土了
父亲就睡在下面。阴阳相隔的日子
会撕痛大地的神经

那些叫不出名的花草，乃至
飞到花草上驻足、栖息的虫鸟
都是父亲派来的信使吧
它们要向我转达什么呢

那些不知名的花，一定有不同的含意
那些不知名的草，也会各有各的说道
它们开了又谢、枯了又绿，留给我
慢慢破译、慢慢念想

以上选自《π° 诗刊》总第 11 期“诗歌年度大展”

## 中国诗人面对面——张清华专场

曾经轰轰烈烈的先锋文学已经变成两种东西：一是迎合多数人艺术趣味的，虚假的、模仿的、作为消费品的所谓先锋；二是极端写作，各种具有破坏性的、越出边界的行为艺术式写作。

——张清华

# 中国诗人面对面——张清华专场

时间：2016年8月26日　　地点：卓尔书店

□主讲人：张清华
主持人：邹建军

**邹建军**：各位诗人，各位朋友，今天我们邀请到北京师范大学教授、著名学者张清华先生给我们讲课，大家欢迎！

张清华教授是目前我国国内最活跃的评论家之一，当代文学著名学者之一，主要研究当代诗歌、当代小说、当代文学思潮等，同时还从事随笔、诗歌的创作，著作等身，影响巨大。张老师和我同年同月出生，是同行也是老朋友了，下面就将时间交给他，有请！

**张清华**：各位朋友，大家早上好！感谢邹建军教授的介绍。这是一个很大的诗歌节，也没有跟讲座的人出具体的题目，这也使我犹豫不决，不知道该讲什么好。在学校里面教书，时间久了会磨练出一种本能，在专业范围内给个题目可以掰扯两个小时，不给题目反而很为难，因为不能确定在座的人想听什么，那我想既然是诗歌节，那我就讲跟诗歌有关的东西，讲个小一点的题目，但是又担心在座的各位觉得我没学问（听众大笑），虚荣心作怪，那我还是要讲一个大一点的题目。去年我们搞了几场关于先锋文学30年的活动，然后我写了一篇文章，今天我也想谈一谈先锋诗歌。先锋诗歌诞生差不多四十年了，我在这里谈一谈先锋诗歌。

昨天北岛老师现身武汉诗歌节，出现了只有在八十年代才能见到的景象，有蜂拥而至的听众，全场爆满的热情，八十年代的这种景象让人记忆犹新而又经常怀念。我记得顾城去世之后，有一篇怀念他的文章写道，顾城在世时曾经在一所大学做过一个演讲，演讲结束后人群骚动，主持人灵机一动只能从大礼堂翻窗逃走，以避免踩踏事件。这样的景象已经成为传说了，但是昨天又重现了。可能今天大家看待北岛，不是把他看作一个诗人，而是当作一个传奇人物，想来一睹他的尊容，那么这实际上也反映了人们对待诗歌的态度的变化。显而易见，北岛老师在当年是先锋诗歌的发起人之一，梳理先锋诗歌的道路，还可以上溯文革时期的地下写作。1978年北岛和芒克创办了民间诗歌刊物《今天》，先锋诗歌从地下浮出水面，也被命名为朦胧诗，这一时期，北岛、舒婷、顾城、江河、杨炼等名满天下，但是他们当时背负了很大的压力。1983年底，经历了一场反对精神污染的政治运动，朦胧诗在将近一年的时间里被屏蔽了，他们的作品也无法发表，直到1985年，他们才再度获得发表的权利，这时也是我国改革开放迅速发展的时期，伴随着思想自由而来的是他们头上的光环也渐渐被淡忘。1989年上海的才子朱大可写了一篇《燃烧的迷津——缅怀先锋诗歌运动》，其中有一个很形象的比喻“从绞架到秋千”，“绞架”是北岛在《回答》里塑造的英雄形象，表现出与整个旧时代对抗的勇气，展现了一个不屈不挠的形象；“秋千”是北岛在《宣告》中所说“在没有英雄的年代里，我只想做一个人”的一个形象，朱大可将这一个过程、两种形象做了一个很好的对比和联想，说明环境的压抑不存在了，朦胧诗或者先锋诗的主体的性质也就有所变化，从斗士变成游戏者。我认为这句话很好地概括了朦胧诗从七八十年代之交到八十年代中期的发展历程。

1986年，一批更年轻的诗人登上诗歌舞台，以1986年中国现代主义诗歌大展为标志，也表明先锋诗歌跨入了一个新阶段，之前的朦胧诗的时代已经终结，进入更为宽广、复杂、多元的时代，也就是第三代诗歌时代，这时候，诗歌写作内部开始出现了分化，但是主要有两种流向，一是主张智力、思想、文化的写作，以非非主义、非传统主义等为代表，是“向上走”的写作；二是“向下走”的写作，即以口语表达平民化思想的写作，反对智力写作，以四川大学生诗派、莽汉主义等为代表。

1999 年，出现了“盘峰论争”，盘峰论争实质上就是第三类诗歌的格局出现了持续的自觉、对立、分化以及利益分配上的矛盾，现在看来，只是知识分子写作的获益比较多，因为他们大多在北京、上海等大都市，又在国际化的前沿，比较方便被介绍到国外，出口转内销，回来变成经典化的权威；另外一批是在二线城市，例如南京、昆明、西安的一些诗人，他们会认为自己在国际化、经典化方面被怠慢了。直到现在，这种格局依然存在，但是越来越模糊了，再加上网络平台等新媒体的兴起，使诗歌传播的方式改变了，有更多的人参与其中，同时，文化上出现了消费主义的狂欢现象，也就出现了更多的活跃的诗人。

那就会有一个问题，当年全民关注的波澜壮阔的先锋诗歌的运动成为了带有消费性和狂欢意味的场景，比如梨花体事件、下半身运动、垃圾派运动，标明先锋诗人称号的诗人也不少，但是先锋诗歌给我们的感觉却是“皮之不存，毛将焉附”。我在想，该怎么去解释这种现象呢？美国著名批评家丹尼尔·贝尔在《资本主义文化矛盾》中几句话给了我很大的启发，“现代性迅速地接纳了先锋文学之后，就像接受以往众多文化现象一样，汇入了历史的长河，先锋文学变成了一种消费主义的中产阶级趣味”。比如说梵高是印象派的代表人物，他的艺术是超前的，毫无疑问是艺术界的先锋派，但是他被认定为先锋派的代价是很大的，也就是他活着的时候他的绘画作品并不为那个时代的人们所接受，他去世若干年后，梵高的艺术趣味变成了整个艺术界的趣味，那时候连中产阶级家庭都乐意挂一幅梵高画的赝品，表明自己比小市民的艺术审美要高。此时先锋艺术变成了中产阶级客厅里的消费品，这就表明大众的艺术趣味对先锋艺术的接纳，但是这种接纳终结了它的生命，这和朱大可所说的从“绞架”到“秋千”的命运意义相同。

在这种情况下，很多诗人就想保持自己写作的先锋性，但是在大家都变成了游戏者的环境里，只有“玩命”的才是先锋派，只有在“秋千”上玩最惊险的游戏的才是先锋派，我把这种写作称作为“极端写作”。德里达在《文学运动》中说，“现代主义的艺术往往是产生于艺术的死亡危机当中”，那么文学也一样，现代文学的产生也是基于文学的死亡，在这种危机之下，诗人就将自己的写作行为化了，文学不仅仅是文本行为，而更成为了一种艺术，比如号称把自己关在屋子里写诗一年，不过后来他只呆了一周就出来了。还比如某个诗人当街表演吃垃圾、吃蛆，身上挂着“我有罪，我写诗”的牌子示众，如此等等的行为，虽然在某种意义上存在反讽、批判的意味，但是让自己的诗打上异端、前卫的标签，不免让自己的行为有点耸人听闻。还有那些写下半身的诗、写垃圾诗，他们难道没有理由吗？不，也有。那么这种行为算不算先锋写作？看起来很像，但是又很勉强。先锋写作在当下是否存在很难判断，但先锋精神可能还在，至少一些诗人的愿望和想法是好的。曾经轰轰烈烈的先锋文学已经变成两种东西：一是迎合多数人艺术趣味的，虚假的、模仿的、作为消费品的所谓先锋；二是极端写作，各种具有破坏性的、越出边界的行为艺术式写作。

我一直在主编《诗歌年选》，近年在编选时，我翻看单个文本，总让我喜悦，甚至激动，因为很多诗人的诗都写得很好，写诗技术非常扎实，“手艺”好得不得了，甚至超过了上世纪八十年代那些大名鼎鼎的诗人，但是这个“好”只是单个文本意义上的“好”，是没有价值和有效性的“好”，与整个艺术史、诗歌史、现实缺少对话和碰撞。你看北岛老师在《回答》里说“卑鄙是卑鄙者的通行证，高尚是高尚者的墓志铭”写得很直白，现在很多初中生都可以仿制这样的格言，但是你仿制的格言能和这个社会产生真正的关系吗？可能不会，但是北岛老师会，这是今天再复杂的文本和再高超的技艺都达不到的。我们现在也不要认为写出这种句子很简单，假设我们生活在那个年代，我们能写出这样的诗么？可能不会，这也表明英雄和时势是相互影响的。

你的诗歌也许很完美，但是可能无效，这是当代诗人的无奈，也不能完全责怪诗人。就像里约奥运会上，中国女排主攻手朱婷，她的技术和高度或许超过了当年的郎平，但她在时代意义上却远远不及郎平，这是社会、时代、历史状况的变迁带来的一种命运：个人或许更完美，但是个人的价值不一定会增加。这是所有诗人所面临的现状，也是我对当今诗歌的一个看法。

好了，我就讲到这里，因为邹建军老师跟我规定了讲课时间，可我已经超过了 10 分钟了！

**邹建军：**没有，张老师讲得很好。张教授刚才简要、准确地回顾和总结了当代先锋诗歌的发展历史，同时也做了理论上的反思，对我们有很大的启示。张老师对诗歌的研究是很专业的，特别是对诗歌创作、诗歌现实非常了解，他刚才的演讲对我也很有帮助。那么，我想问个问题：你刚才给先锋诗歌“算了命”，也反复说“命运”，写诗的人很多，写得好的人也很多，但是没有产生很大的影响，那你对先锋诗歌的未来也“算个命”？

**张清华：**谢谢邹教授。可能我真的不好算这个命，我只是朦胧地感觉到这种现状将持续下去。关于先锋这个概念，有些人引用优莱斯的“先锋就是一种自由”，这是把先锋当成了一种精神，是不会消失的，是永远存在的，言下之意就是我只要追求自由，我就是先锋，在一定程度上也是成立的，但是在试图追求有效性的时候，这种自由可能会变成极端写作。还有一部分人认为，先锋诗是一种历史，不仅是精神范畴，更重要的是历史范畴，也就是说它是会终结的，当我们说先锋运动，实际上从历史上是指从文革万马齐喑的年代中启蒙主义的出现到世纪之交先锋的合法性出现问题的时代。由于时代和身份的变化，很多东西都慢慢合法，关于未来的先锋诗歌写作我也没办法预料，但是会延续，这也是我感到沮丧、绝望的事情。

**邹建军：**张教授刚说他对先锋诗歌感到沮丧，我倒没有感到沮丧，我认为诗歌、文学和艺术都进入了一个新的时代，特别是网络平台、微信平台给每一位诗人提供了极大的自由和创作的空间。我手机里面有很多群，很多人，每天打开手机，无数作品出现在我面前，我在想还有这么多人写诗啊！有时候我会对这些诗歌提出意见，有的诗人很生气，我认为这种现象还是比较封闭的。我想请教张教授，你对这种新的写作环境有什么样的评价和期待？

**张清华：**刚才我提到了美国著名文化批评家丹尼尔·贝尔，他说过“天才的民主化”，我还是借用梵高的例子，梵高是天才，也是个奇葩，但是后来他变成了公共的趣味。完全没有经过写作训练的一个人也有写作的权利，像我们这种人即使想当“劳模”也当不了，毕竟现在网络发达，诗歌众多，你没办法全部阅读，但是如果不读，有些人还是会生气。我认为在自媒体时代，不是天才的民主化，而是整个艺术创作的无门槛化，即写作的平权化，看似是进步，实际上是无底线地消耗了艺术的可能性。如果说艺术最终要消亡的话，这可能就是艺术消亡的一个原因。

**邹建军：**谢谢张教授。接下来现在还有一些时间，留给大家，大家可以提问！

（这里这里，读者 1 大声叫着并举起了双手，全场大笑）

**读者 1**：尊敬的张老师，您好，我想问两个问题，可以吗？

**张清华**：时间不多，你就问一个吧！

**读者 1**：如果就从先锋性、有效性来说的话，现在中国诗歌是否在空转？

**张清华**：也不能这么说，全唐诗有四万多首，但是今天每天产生的诗歌可能都不止四万首吧，艺术的消费是有历史性的，我们对历史的消费和对现实的消费也是不同的，我们是在消费着今天，回忆着昨天。在历史当中流传下来的量很少，就比如全唐代肯定也不止四万首诗歌，只是流传下来的是四万首，是少数，就像我们现在的诗歌，100 年之后，1000 年之后肯定会越来越少，但是 1000 年之后的事情，我们就不去想，去他的呢！

**读者 2**：张老师，您好，您刚才谈到了先锋精神名存实亡的倾向，也谈到了现代一部分诗人手艺很好，但缺乏有效性的现状，我想问一个比较尖锐的问题，您认为这一部分诗人个人化写作的价值何在？是继续“荡秋千”还是“上绞架”？谢谢！

**张清华**：“上绞架”是不可能的，今天没人跟你准备绞架，只有“秋千”，而且我也认为这是一种进步。我个人比较警惕文学、文化上的进步论，写作的自由是世世代代写作者追求的梦想，有了自由毕竟是好事，每个诗人能够按照自己的内心写作，这本身就有意义。我说的“有效性”是和历史上的文本的处境相比较而言的，这也是历史的看法，不是对现实的总体评价。当我们说关于现实的诗歌，我们经常会听到奇怪、矛盾的声音，就拿我自己来说，很多人也会说我在看某一个诗人的作品时，会给予高度评价，然而整体上来评价一系列的作品时又会说存在很多问题，所以我们也被批评为是两面派，言不由衷。这实际上是与衡量尺度有关，当你讨论单个诗人、个体写作的合法性时，尺度会小很多，当你讨论整个现实、当代诗歌的有限性时，尺度就大很多了，这不是两面派，反而是更加客观的看法。谢谢！

**邹建军**：再提最后一个问题。

**读者 3**：您好，张老师，我今天非常有收获。我观察了一下，您在讲座时都是面带微笑的，您刚才说到未来诗歌的时候也是愉悦的，就像受难的耶稣。我刚看到您有一部作品，叫《天堂的哀歌》，您可以谈一下写这本书的写作动机么？

**张清华**：我对你的看法也有点疑惑，你说我看起来一方面是微笑的，一方面是受难的，其实我还是不想受难的。我最近写了一首诗，关于十字架上的基督，源于西班牙超现实主义画家达利的一幅关于受难的基督的画，当我在卢浮宫里看到这幅画时，有一种晕眩感，因为他的视野是从上至下的，仿佛他悬浮在空中，而通常画家画耶稣时是从下往上的，很高大，我想了很久写了这首诗。《天堂的哀歌》实际上是我对苏童小说的评论，因为苏童是苏州人，有一个让人羡慕的生活背景，他在那种环境之下写出了富有诗意的、充满颓废之感的作品，跟诗歌还是有距离的，这只能表明我比较喜欢诗意地理解包括小说在内的文学作品。谢谢！

**邹建军**：张教授就当代先锋诗歌发表了精彩的见解，他的著作很多，他的见解更多地体现在他的作品里面，大家可以去读一读。让我们再一次感谢张教授，也谢谢各位读者的参与！Z

（李亚飞 / 整理）

# 诗学观点

□孙凤玲 / 辑

●**陈人杰**认为诗歌凌空蹈虚也好，追求玄思也罢，都必须有自己可以依托的“语境”，也即在场感，介入现实的深度，构成了诗歌的底色和温度。一首好诗如果不能辨认出生活的四季，便难以触摸到人生灵魂的四季。同理，没有经历的痛感就像未经苦难的呻吟未经检验的信仰一样，疼痛和虔诚难免虚情。关注现实生存人生疾苦，以普通人的视角书写生活，是血液本身的声音，是一种自觉的价值追求。歌吟中的悲怆感是与生俱来的，痛感总被社会和心灵纠缠，我无法选择超脱出世，而是选择来到社会和人性的最底层。在那里，我重获自由，并且知道那里是诗人永恒的故乡。

（《**诗歌抵达的真，才是永恒的真——关于回家、生活与藏地书写的对话**》，《**扬子江诗刊**》2016 年第 4 期）

●**吉狄马加**认为诗人在这个世界就是一个民族，无论他们在哪里，他们都高扬着爱和善的旗帜，他们永远为公平、正义而呐喊，他们每时每刻都站在弱者一边。诗人通过他的诗歌，都能在这个世界的任何一个地方找到知音和朋友，我不知道在这个世界上还有什么聚会，能像一个又一个诗歌节那样给人和生活带来希望和梦想。曾经有人问我，在这样一个物质主义、金钱至上的时代，难道还有人在写诗吗？我回答他们，这不是诗人的悲哀，这是这个时代和人类的悲哀。我相信还在今天继续举办着的诗歌节，正如诗歌本身一样，它是我们人类迈向明天并要继续存活下去的最合法、最惬意的理由。

（《**诗歌是人类预言明天的最奇幻的工具——答希腊新闻记者提问**》，《**扬子江诗刊**》2016 年第 3 期）

●**李少君**认为诗歌是一种情学，诗人们以情为学，情是内核，语言是手段，诗人以此为生，为使命，为一种生活方式。情，是人作为主体的一种特殊观照，再深入地说，情乃心之凝聚之所、投注之处。抒情，是情感的发泄，又可以理解为一种工艺劳作形式。抒情既是一种情感反应，但作为诗歌创作方式，它又有技术因素，是一种艺术形式。情，是需要整理、编织和提取的，而艺术，正是梳理、织造“情”的一种方式，或者说，在这个意义上成为一种形式。艺术或文学、诗歌，就是一种情感的方式或形式。

（《**诗歌是一种情学**》，《**朔方**》2016 年 10 月号）

●**扬·穆卡若夫斯基**（捷克）认为，诗歌中的每一个个性的文学发展动力正是源自于个体的不可预见性。诗歌中的个性（尤其是强烈的个性）是一个交叉点，其中聚结着相互混合的各股力量，一方面为民族文学本身的发展趋势，一方面为来自外部的各种力量，即来自外来文学、其他艺术样式、其他文化领域（宗教、政治、经济，等等）以及社会机构及其发展（社会层级的重组、各种社会环境的相互渗透，等等）的各种力量，诗人与生俱来的性情也加入这股合力之中，共同干预着这道超越个体的文学发展洪流。从某种意义上来说，诗人乃限制发展的一种力量，当然二者是相互制约的：创作个体的选择、它在发展格局中的位置、它的重要性等级、个体相互间的关系以及他们之间的张力——所有这些在很大程度上受到发展趋势及其需求的限制。

（**《诗人》**，**《世界文学》**2016 年第 4 期）

●**张铎**认为一个时代要有一个时代的文学特色。同理，一个地域要有一个地域文学的特征，前提条件就是诗歌要处在生活之中，活在人生这个广大的现场里，只有这样诗歌才有活力和生命力。诗歌光有个人经验、地域特征摹写是不够的，因为真正的诗歌必须表现一定的思想感情乃至哲学意识，必须成为心灵的负载和力量，才可能具有跃动的生命，迸发诱人的火花，给人以美的享受。精神的求索，不仅是今日诗歌发展的趋势，也是一切文学艺术发展的大势所在。

（**《宁夏青年诗歌的边塞特征与家裔气质——“宁夏青年诗人作品专号”点评》**，**《朔方》**2016 年第 9 期）

●**霍俊明**认为阅读当下的诗歌会发现诗人在诗歌技艺的娴熟程度上要远远胜于以往任何一个时期，但是真正有难度的诗歌写作却寥寥无几。在我看来，这种有难度的诗歌写作不只关乎技艺更关乎良知，关涉一种与生命和灵魂相关的想象方式以及生存的态度。我们这个时代的诗歌，诗歌已经如此喧嚣而又自以为乐，尤其是城市化和物欲联合作战成为这个时代的图腾而备受崇拜的时候，尤其是在自媒体推动下诗人心理和自我意识空前膨胀的时候，写作一首与生命与技艺与良知有关的诗需要一种更深入的勇气。

（**《瞬息与永恒，或刻意缩小的闪电——读张战的诗〈我，一个编号〉》**，**《湖南文学》**2016 年 9 月号）

●**杨克**认为在中国，职业阅读有时候是一件很烦很痛苦的事情，编辑和批评家在许多场合充当了这一角色。我们很难说某个具体的诗人写得不好，而是他写得太“媚雅”，跟诗歌圈子中的正“通行”的所谓“好诗”太一致。远去的家国情怀没了声息，艾略特曾强调的任何一个二十五岁以上还想继续做诗人的人要具有的不可或缺的历史感也已经或缺。境界、气韵、辞采等古人对好诗的苛求亦不见踪影。诗人写作当然要从细微处进入，但生命的开阔度和时代的纵深感应该隐含其中。

（**《没有意味的写作是诗的悲哀》**，**《诗刊》**2016 年 9 月下半月刊）

●**伊沙**认为无论是口语派的还是意象派的，不论是民间还是知识分子，当他（她）状态不好的时候，通常是言之无物或匮乏我所说“事实的诗意”的时候，他（她）一定会拜托词语，拼命在词语上花功夫，这其实是心虚的表现，仿佛美人迟暮，就更注重化妆。世界上没有朦胧诗，西人眼中的东方神秘主义是其最后的遮羞布，真正东方神秘的泰戈尔句句清晰、细腻、微妙。阿赫玛托娃说：把诗写晦涩是不道德的。意象诗当如静物画，口语诗当如动作片，抒情诗当如小夜曲。写作，是往一口井里探头看。

（**《有话要说》**，**《诗刊》**2016 年 9 月上半月刊）

●**洛夫**认为诗人与诗歌，在当下的文化语境中常常处于非常尴尬的境地。作为将毕生精力奉献给诗坛的诗人，也没有必要回避当下诗歌界良莠不齐的创作现状，诸如所谓“下半身写作”、“垃圾派”、“废话派”等等的出现，以媚俗的姿态来挑战读者的阅读底线，使一些所谓的诗歌在今天已经失去了本应拥有的美感素质。有些所谓的“口语诗”，其实就是“口水诗”。我并不反对将平实的口语写进诗歌中，将完全生活化的语言引入诗歌，这也可以起到补充诗歌新鲜血液的作用。关于语言的选择，许多时候也要看题材来决定，这样，就能使自己的诗歌风格多样。我认为诗人的写作，要为了千秋而舍弃“迁就”，要将美好留给读者。诗人可以追求流行之美，更应该有永恒之美。

（**《感受诗歌之美——在苏州工业园区独墅湖图书馆的讲演》**，**《诗潮》**2016年9月号）

●**田原**认为，诗人的每一次写作都是来自母语的呼唤。文学的表现能力首先取决于自己母语的表现能力，其原因首先在于母语拒绝诗人对它的背叛，其次才与诗人后天获得的语言有关——即无论他（她）具备怎样的外语天分，即使会编写出出色的外语教科书，也无法断言他（她）能够用那种语言写出优秀的诗歌作品。对于母语，诗人是被动的，不是诗人选择母语，而是母语选择诗人；对于诗人，母语是在不知不觉中形成的诗歌声音。这种声音是否独特和卓越、是否动听和洪亮、是否超越了时空和诗人的个体生命、是否揭示了人性的普遍规律和与更多的读者产生共鸣等等决定着一个诗人的质量。

（**《关于诗歌》**，**《山花》**2016年9月号）

●**唐不遇**认为自己早期的写作更多倾向于繁复的方式，完全是一种冲动式的、不成熟的写作。2005年以后，我才稍微找到一种更清晰、简洁的写作方式，可能有一点从先锋回缩的感觉。我的写作也呈现出两种并存的状态：一方面直面时代、直面现实，比较注重公共性；另一方面我又经常想从现实抽身、出发，进入一种比较悠远的意境和状态。这两种状态的并存，让我感觉自己在写作上可能是一种持批判态度的逃遁者的态度，或者不恰当地说是一种勇士与隐士的矛盾体。

（**《2015年广东诗人北大行诗歌研讨会（纪要）》**，**《诗歌月刊》**2016年8月号）

●**魏天无**认为一个似乎没有任何锋芒和个性，一个为自己不喜欢、不理解的东西辩护来辩护去，一个这也好那也好，一个不懂得想出头就要一条路走到黑、想上头条就要扯去底裤的写作者和评论家，不被挖苦和嘲弄已算是最好的结果了。平庸的写作者都想抓住一点什么，不管那点东西是什么：先锋，异类，谄媚……否则惶惶不可终日。也正是这样的平庸的写作者，喜欢把跟他不一样的人，讥讽为平庸之辈。

（**《“撞身取暖”的人》**，**《诗歌月刊》**2016年9月号）

●**李犁**认为新世纪以来的诗歌写作，最抢眼的写作方式就是叙述代替了抒情。我看重其中的叙实性，叙实不等于叙事，叙事是方法，很可能是通过叙事来解决抒情。叙实既是方法又是态度，简单说就是非虚构。把非虚构作为写作的目的，有别于为了抒情采取的叙事策略，更有别于传统叙事诗的诗化故事，它不再是典型环境中的典型性，而更倾向于日常化和客观化，还有典型性之外的特殊性和差异性。日常化让诗歌近在身边，诗歌就是生活，就是我们自己，客观化让诗歌更真实更冷硬，而后者事件的特殊性和个异性，让诗歌更突出更震撼。

（**《诗歌写作的现状、缺憾与呼唤》**，**《诗选刊》**2016年10月号）

●**李佩甫**认为现在是多元化时期，甚至可以说是生活比文学更丰富的一个时期，也是一个全民写作时期，谁都可以在网上发表自己的阅历、见解、生活体验，文字多得已经泛滥了。但真正意义上的文学是有“标尺”的，不是一般意义上的倾诉，当然倾诉也是必要的。文学的标尺是民族精神的上线，也是民族自我认知的上线。那是考量民族智慧、民族情感、民族想象力极限的表达。在写作中，语言、思想、结构，任何一个方面能实现创新都很好，但确实有难度。现在，作家跟生活中的痛苦有些遥远，生活素材是基本来源于网络的二手经验，不是生命体验感受的再认识。认识很重要。作家的姿态要低，也许才能冲得很高。

（**《情感是写作的灵魂——对话李佩甫》**，**《江南》**2016 年第 5 期）

●**王十月**认为所谓寻根，结果，寻到的却是无根之痛、失根之苦。这实则是中国当下的写照。所谓的乡愁，在这个时代，已然显得矫情。三百年国家积弱，我们已然失去了文化之根，我们都是一群失魂落魄的人。这个时代，是到了要招魂的时候。我经历过许多常人无法想象的痛苦与屈辱，但这不会让我的写作失之简单与愤怒。但是，我也不认为有所谓“纯然客观的立场”。所谓立场，指认识和处理问题时所处的地位和所抱的态度，由此可知，既然有立场，就无法客观。每个人的立场，一定与他的经历、他的学养、他对世界的认知，还有他所处的地域有关。我不反对“零度写作”，但我提倡有热度的写作，在我看来，一部作品是否优秀，情感饱满度是一个很重要的标准。

（**《“我不想做一个可以被轻易归类的写作者”——与王十月对话》**，**《莽原》**2016 年第 5 期）

●**吴义勤**认为中国当代文学的经典化是一个需要全体阅读者参与的过程，从这个意义上说，每个读者都有对自己时代的经典的命名权。正因为此，各种文学排行榜、榜单，包括评奖等等，都是文学经典化的一种形式，都是在为文学经典化做贡献。只要我们不把经典这两个字绝对化、神圣化、乌托邦化，并且考虑到文学史上并没有一个十全十美的、所有人都喜欢的经典，我们就会承认，这里面很多作品被不同人喜欢着，它们离经典并没有想象的那么远，它们其实就是经典。

（**《当代文学亟需经典化》**，**《长江文艺》**2016 年 10 月上）

●**项静**认为写作的历史往往是在自我反拨中前行的，三十年前我们说回到文学本身与三十年后再强调有着诸多差异，其间文学所经历的一切都会落下印记，文学与政治、意识形态的关系，放在今天重新谈论，未必是对文学的束缚，很可能是它的解放力量。写作有自己的拨乱反正功能，它的每一次进步或者说嬗蜕，都是在停滞、臃肿不前的写作中突围而出的。在一百年的尺度里面，大部分的写作是无效的，但我们不能因为无效就不写了，所以即使出现了太多青年失败者这种自怜自悯、文艺腔式的“出走者”，我们也应该容忍青年写作者们的失败，允许他们这些失败写作和作品，这些失败不仅仅对于他们自己的写作，而且对于同代人的写作来说，都是自我修正的机会。

（**《写作是在自我反拨中前行》**，**《长江文艺》**2016 年 9 月上）

# 白 露

## ——故缘夜话六十九弹

◆熊 曼

今年的冬天来得有点早。十月底，一个寻常周二，寒潮送来冷雨，梧桐树的黄叶打着旋儿，无精打采地飘落下来。这情形不禁令人想起李清照的《声声慢》："梧桐更兼细雨，到黄昏，点点滴滴。"天色暗下来的时候，我们依约来到故缘。

## 本卷相关

室内温暖如春。距离上次开编辑会又过去了月余，人们从这座城市的四面八方赶来，汇聚一堂，顿感亲切。

"最近在忙什么?"谢克强问车延高道。

"工作，闲暇时写点东西。我最近很少参加活动了，一是精力不济，二是觉得要让自己静下来。"车延高答。

"对，少参加活动，多读书。"谢克强总结道。

桌面上摆放着最新一卷的《中国诗歌》样书，它将接受大家的审阅。

"哟，头条诗人荣荣的照片很精神啊!"车延高指着扉页道。

谢克强点点头，补充道："关键看诗。这是我6月份在上海参加一个活动时，跟荣荣约的稿。她很高兴，也很重视，回去后不久就给我发来稿子，我看后觉得不尽人意，让她再补充新作过来。如此往返了好几次，终于凑齐了今天的稿子。"

"谢老师很认真哪。"邹建军赞赏道。

"必须的，大部分头条诗人的稿件经历过多次退回，沟通了大半年才最终定稿。"谢克强道。

"随着武汉诗歌节的举办，闻一多诗歌奖的颁发，想上我们《中国诗歌》头条的诗人也越来越多了，很考验谢老师的眼力和耐心哪!"车延高笑道。

"头条诗人"前面，新增了纪念诗人马新朝的特辑。他是当代杰出诗人，曾经的闻一多诗歌奖得主，《中国诗歌》的老朋友，大家翻看着纪念马先生的文章和诗歌，心情有点复杂。

“音容笑貌今犹在。”不知道是谁说了一句。室内安静起来，只有纸张被翻动的沙沙声。

“草馨儿这个名字很陌生，是谁呀?”车延高指着“散文诗章”问道。

“从自由来稿中发现的。”谢克强道，“本卷的‘诗人档案’和‘新诗经典’，分别刊发了实力诗人商震和李瑛的作品，大家读读吧。”谢克强介绍道。

## 闲话苏轼

文本讨论暂告一段落，大家开始喝茶闲聊。

“写完《醉眼看李白》系列之后，有朋友建议我写一写苏东坡。这个建议不错，但意味着新的挑战，我现在可是无暇顾及了，你们谁有精力谁写啊。”车延高道。

“值得一写。”阎志肯定道，“古往今来的文人中，若论资排辈的话，苏东坡至少排前三。”

“苏是全才，可以写的地方很多。”刘蔚道。

“他是唐宋八大家之一，诗词、文章、绘画、书法，样样都精妙。”

“而且他人生跌宕起伏，历经三朝天子的更迭，几经官场起落，曾官至翰林学士、礼部尚书，晚年又被贬惠州。但是心态乐观淡泊，不是一般人能够做到的。”

大家你一言我一语地补充着，对苏先生的景仰之情如滔滔江水绵延不绝。

“依我看，古往今来有才能的人很多，但是为什么孔子、苏东坡这些人能影响至今？主要是其门下有优秀弟子。苏门有四学士，黄庭坚、秦观、晁补之、张耒，皆学有所成，其中黄庭坚更是官至宰相，对于恩师的学问记录整理、声望的传承起到了很大作用。”邹建军从教授的角度出发，发表了自己的见解。

“别扯远了，大家再看看这一卷的文本，有没有意见？我们要抓紧时间进厂印刷了。”谢克强敲敲桌子，试图把大家的思绪拉回现实。

“可以，我看没有问题。”在得到了大家的肯定答复后，谢克强眯着眼睛，捧着茶杯道，“好，你们继续。”

但是人们又转换了话题，从单体飞行器到时政新闻，再到阎志女儿的毕业论文，从国外的教育体制再到国内的教育现状，大家兴致勃发，滔滔不绝，或激昂或淡定，或褒扬或针砭。大家度过了一个不仅仅诗意盎然的夜晚。